自然と唇が重なり、深くなるキスに理性ごと絡めとられる。

恋《こい》もよう、愛《あい》もよう。

きたざわ尋子《じんこ》

ILLUSTRATION
角田《つのだ》 緑《りょく》

CONTENTS

恋もよう、愛もよう。

恋もよう、愛もよう。

目がまわりそうになるほど忙しい時間が一日に何回もある。
雑誌で何度も取り上げられてきたせいもあるし、好立地のせいもあるだろうが、店員の評判がいいというのも大きな要因だ。

　評判がいいのは接客態度によるのもあるが、容姿も重要な要素となっている。だからオーナーの意向でフロア係はある程度の容姿も求められていた。必然的に、ここで働く上島《うえしま》紗也《さなり》もそれなりだということになる。もっともそれなりだと思っているのは紗也本人だけであり、周囲からの評価はかなり高い。イケメンという言葉はあまり使われたことはなく、なぜか美形だの美人だのと言われる。それどころか、顔が小さいとかアーモンド型の目がきれいだとか、色が白いせいかなにも付けていないのに赤みの差す唇が色っぽいとか、あまり嬉しくない言葉ばかり向けられている状態だ。

　そういうことを言ってくるのは異性のほうが多いのだが、彼女たちは紗也を観賞用だと思っているらしく、視線や褒め言葉から色っぽい気配は感じない。代わりに同性からの視線に熱っぽいものを感じるのが悩みの種だった。

　繁華街の目抜き通りにあるカフェは、店名の一部にアール——フランス語で芸術という言葉を使っているだけあって、店内にはいくつもの絵やオブジェが飾られており、店の雰囲気作りに一役買っていた。作品は現代アートばかりで、傾向は様々だ。抽象画もあれば風景画もある。前衛的な彫刻が置いてあるかと思えば、リアルな人形がちょこんと小さな椅子に座っていたりする。ようするに統一感はないのだが、店の雰囲気としては不思議とまとまっているのだ。多少なりとも傾向で置き場所が分けられているせいかもしれない。

紗也は席と席のあいだを泳ぐように動きまわりながら、ちらりと目に入った絵に表情を和らげた。

店の奥に当たるここは、通称「メルヘンゾーン」と言われている。もともとは常連客の誰かが言いだしたらしいが、瞬く間に広まって店員まで言い出し、すっかり定着してしまったのだ。置いてあるのはテディベアや妖精をモチーフにした陶器の人形で、飾ってある絵は優しい色遣いのリトグラフやシルクスクリーンといった版画が多い。なかには無名画家の油絵もあった。それら絵のなかに、紗也のお気に入りの一枚がある。

ウサギやリス、クマやフクロウといった何種類もの動物たちが、森のなかの広場で仲よく昼寝をしているといったものだが、デフォルメされた動物たちが可愛く、使われている色もきれいで、見ているだけで楽しい一枚だ。

紗也はもともとこういったものに興味はなく、可愛いものやファンシーなものを否定はしないが興味も抱かないタイプだった。いまでもそうだ。現にほかの可愛らしい絵にはまったく心が動くことはなく、例外的なことなのだ。どうしてこうも紗也の琴線《きんせん》に触れたのかは紗也自身にもわからないまま、案外そういうものなのだろうと納得していた。

「そろそろ上がって大丈夫ですか?」

落ち着いた一瞬を狙い、フロアのチーフに問いかける。十数分前に紗也の勤務時間は終わっているのだが、客の出入りとオーダーが切れなかったために残っていたのだった。

「ありがとう、お疲れ」

「お先に失礼します」

小声で言葉を交わし、バックヤードに引っこんだ。すでに紗也と入れかわる形でシフトに入ったアルバイターはフロアでてきぱきと動いている。

スタッフルームの椅子にどっかりと座り、紗也は大きく息をついた。今日の仕事は五時半で上がりだった。開店時間である十時の三十分前から来て準備をする早番で、明日は遅番となっている。同じシフトのアルバイターが今日はもう一人いた。

この店で働くようになって一年弱。そろそろ正社員にならないかと、オーナーから誘われていて、それもありかと思い始めているところだ。

（やっぱ定職に就《つ》きたいしなぁ……）

一年前まで紗也はスーツを着て会社員をやっていたのだが、いろいろとあって辞めてしまった。実は退職経験はそれだけでなく、過去にもうひとつあった。大卒の二十五歳だというのに、二度も退職を経験しているのは我ながらどうかと思っているし、事情を知らない人が聞いたら、我慢ができないとか責任感がないとかいった評価を下されかねないのは承知している。

一度目の退職については、確かに早まった感はあった。上司からいわゆるパワーハラスメントというものを受け、なかば勢いで退職届を出してしまったからだ。入社した年の暮れだった。若かったし、紗也自身も考えが甘かったとも思っている。

だが次の職場を辞めたのは、ある程度仕方なかったのだ。最初の一年は問題なく勤めていたのだが、新たに配属されてきた上司というのが創業者の孫で、仕事はできるがいささか人間性に問題がある人物だった。紗也より十歳ばかり上のその上司は、あろうことか紗也に性的な意味で目を付け、なにかとセクハラを仕掛けてきたのだ。しかもほかの社員にはわからないように。

昔から同性に告白されたり誘われたりしてきたとはいえ、三十すぎの男から執拗なセクハラを受けるなど想像もしていなかった。その上、問題の上司は創業者の孫という立場もちらつかせ、迫ってきた。パワハラにセクハラが加わり、最初の会社よりも悪い状況となったのだ。なんとか逃げてまわっていたものの、将来的に秘書にと望まれたり、出張に同行させられそうになるに至り、身の危険を感じて逃げだした。社内での創業者一族の力はかなり強い上、孫である上司のやり方は巧妙だったから、誰に相談しても解決に至ることはないだろうと判断したのだ。まずセクハラ行為自体を信じてはもらえないだろうし、仮に信じてくれたとしても対抗手段はなく、味方になってくれた人を窮地に巻きこむ可能性が高かった。

そんなわけで、紗也にとってはやむにやまれぬ事情での退職だった。立て続けにそんなことがあったせいで、しばらく会社勤めは避けたくなり、カフェのアルバイトを始めたら、案外性にあっていたというわけだ。会社員だったときよりもやりがいを感じている。自覚はなかったのだが、どうやら紗也は接客業が好きだったようだ。

「あー……疲れた」

食事用の小さなテーブルに突っ伏していると、いつの間に入ってきていたのか、アルバイターの宮《み》越《こし》洸《こう》太《た》郎《ろう》が向かいの席でペットボトルの水を飲んでいた。

「日曜はいつもだけどさぁ、今日は特に厳しかったよなー」

半年ほど前からここで働いている彼は近くの大学の二年生で、いまどきのイケメンといった風情だ。身長は紗也より頭半分高く、すらりとしているがきちんと筋肉の付いた身体つきをしていて、客からの人気も高い。少し癖のある茶色の髪はいつもきれいにスタイリングされ、基本的には実年齢以上に落ち着いてみえるのだが、紗也の前では人懐っこさを見せる。まるで大型の犬だ。ときどき大きな尻尾の幻影が見えるほどだった。

「あ……」

勢い余ったのか、水が口もとから胸もとへこぼれた。まだ着替えていなかったので、制服代わりの白いシャツが濡れてしまった。

「なにやってんだ」

「わはは、失敗失敗」

へらりと笑うばかりで拭《ふ》こうともしない洸太郎に呆れ、紗也は置いてあったタオルで濡れた胸もとと首、そして口のあたりを拭いてやった。

真夏でもあるまいし、秋も深まっているこの時期に水を滴らせていたら風邪をひいてしまうではないか。だいたいどうして自分で動こうとしないのか。

小言を口にしながら拭くあいだ、洸太郎は嬉しそうな顔をしておとなしくしていた。聞いてはいるのだろうが、まるで堪《こた》えた様子はなかった。

「まったく、どこの幼児だよ。無駄にデカイ図体しやがって」

「うん」

「なんだその顔、褒めてねぇぞ」

拭いたばかりの口もとは緩んでいるし、紗也を見つめる目も妙にきらきらしている。好意を隠すことなく向けてくるが、それが恋愛感情や欲情から来るものでないことはわかっていた。なぜかは知らないが、純粋に懐かれているのだ。

洸太郎は紗也にだけ子犬のような態度を取る。ほかの人間に対しては実年齢以上の落ち着いた振舞いだし、無理している様子は全然ないから、おそらく紗也に対してだけが特別なのだろう。最初からそうだったわけではなく、親しくなっていくにつれてそうなった。大きな耳と激しく振られる尻尾の幻影が見えるようになったのも、親しさに比例していた。おかげで職場において、紗也は洸太郎の飼い主などと言われている。

紗也はタオルをテーブルに置き、大きな溜め息をついた。

「なんで俺が世話焼かなきゃいけないんだよ」

「つい手ぇ出しちゃうのが紗也だよなー。そういうの大好き」

「うぜぇ」

「黙ってれば超絶美人なのに……あ、別に口悪くても美人度は変わんないか。クールビューティーって感じが台なしになるだけで」

「おまえ、俺の顔好きだよな」

洸太郎は普段から臆面もなく褒めたり好きだと言ったりするので、戸惑うことも照れることもなくなった。最初こそどう反応したらいいものかと困惑していたが、いまでは世間話のひとつのように思っている。

そんな気持ちが伝わったのか、洸太郎は至極真面目な顔で続けた。

「顔も、だよ。あ……そうだ、渡そうと思ってたもんあるんだ」

洸太郎はそう言いながらロッカーを開け、バッグから一冊の絵本を取りだした。

「それ……！」

「ん、ほしやまいつきの新作」

どうだ、と言わんばかりに洸太郎は笑い、剝《む》きだしのそれを無造作に差しだした。絵本にありがちな変形サイズで、きれいな薄いグリーンが基調となった表紙には、〈森のくすりやさん〉というタイトルがついていた。

「うーん、メルヘン……」

どこからどう見ても、そうとしか言いようがない。もちろん悪い意味で言ったわけでないのは、洸太郎もわかっていて、しげしげと絵本を見つめる紗也を微笑ましげに眺めている。

絵本なので基本的には子供向けなのだが、絵の可愛らしさは大人の女性にも受けていると聞くし、これまでこういった世界に縁がなかった紗也まで引きこまれた。店内に飾っているお気に入りの絵というのも、この作者のシルクスクリーンなのだ。

表紙をめくろうとすると、指をかけた瞬間に止められた。

「先に着替えようよ。それ、あげるからさ。家帰ってから一人で読んだほうがよくない？」

「確かに」

いつまでも居座っていると、忙しいからといって残業させられるかもしれないし、一人で読んだほうが浸れるだろう。ほしやまいつきという作者は、たかが絵本と侮れない話を繰り出してくることも多く、紗也も何度か泣かされている。

本を持って立ちあがり、手早く着替えをしていると、いち早く帰り支度をすませた洸太郎が口を開いた。

「でさ、本の代わりってわけじゃないけど、このあとメシつきあって。ひまだろ？」

「決めつけんなよ」

「えー用事あんの？」

「……ねぇけど」

「だよねー」

げらげらと笑う洸太郎を睨みつけると、ごまかすような笑顔を返してきた。へらり、という表現がぴったりだった。

「そういうおまえは、彼女どうしたんだよ」

「別れたー。っていうか紗也パターン」

思わずチッと舌打ちしてしまった。酒の席で、洸太郎に問われるまま過去の恋愛話をしたことを、いまさらながらに後悔した。

紗也は昔から男にも女にもモテたが、付きあったことがあるのは女性だけだ。いつも向こうからの告白で付き合い始め、別れるときも向こうからだった。歴代の彼女たちに言わせると、紗也は男としての魅力に欠けるらしい。それぞれ言葉や表現は違っていたが、別れのときに告げられたことを総括するとそういうことになる。男らしくないという意味ではなく、彼氏として不十分だということのようだ。

確かにマメに連絡を取るほうではなかったし、自分からデートに誘うわけでもなかった。仕事が優先だったから、むしろ相手からの誘いを断ることもしばしばだった。それどころか疲れているときは会うのも嫌になり、実際にキャンセルしたこともあった。恋人を褒めるわけでもなく、甘い言葉を囁くわけでもなく、記念日などを重視しないから忘れがち。おまけに淡白だという自覚もある。紗也と付きあっていても満たされないというのは当然だろう。

だから恋人としての魅力がないと言われても反論の余地はないと思っている。むしろ自分は恋愛に向かないいんじゃないかと諦めつつあるくらいだ。

「紗也だって、相手をかまわなすぎてダメになったわけだろ？」

「つまり、おまえもフラれたんだな？」

「まーね。オレよりマメで、毎日電話とメールしてくれて、わがままも聞いてくれる、すっげー優しい男……とやらに乗り換え。オレに言わせると、その手のタイプは誰にでもそうだと思うけどね。絶対浮気する。もしくは二股以上やってるね」

「ふーん……」

そこまで断じるのはどうかとも思ったが、言うほどのことでもないので黙っていた。

「よし、帰るぞ」

ロッカーを閉じて振り返ると、すでに用意のできていた洸太郎が先に立って部屋を出た。挨拶をして店の脇から外へ出て、わざわざ地下鉄で移動してから適当な居酒屋に入った。あまりに近いと、常連客に会いかねないからだ。

「実はさ、相談があるんだよね」

頼んだ料理があらかた運ばれてきたタイミングで、洸太郎が切りだした。深刻そうな気配はないが、大真面目な様子だった。

「相談？　恋愛か？」

「違うって。あのね、今度うち……あ、実家ね。実家を改装してカフェ開くことになったんだよ。もう工事は終わってたりすんだけど」

「へぇ、じゃバイト辞めんのか？」

「辞める。でさ、紗也にも手伝って欲しいなって思って……や、違う違う。うちに来てください、お願いします。できれば店長で！」

がばっと頭を下げられてしまい、紗也はグラスに伸ばしかけていた手を止めた。

「店長って……」

「うん。で、オーナーはうちの兄貴！　そんでもって、兄貴っていうのが実はほしやまいつき」

「……は？」

そのまま紗也はぽかんと口を開け、洸太郎を見つめながらしばらく固まることになった。


結論からいうと、紗也は了承した。ほとんど迷う間もなく即決し、その勢いで現地を見に行こうとしている。断るにはあまりにも条件がよかったからだ。

「いろいろ急展開で、信じられねぇ……」

ほしやまいつき――本名・宮越逸樹《いつき》が、洸太郎の年の離れた兄だったこともそうだが、店長の話をその場でOKした自分にも驚いている。いくら条件がいいとはいえ、この手の話は持ち帰って、せめて一晩くらいは考えるべきだろう。

「いいじゃん。自分で言うのもなんだけど、いい話だと思うよ」

「まぁな」

「実は断られたらどうしようって、結構びくびくしてた」

「そうなのか？」

とてもそうは見えなかったが、嘘や冗談ではないらしい。紗也が返事をした瞬間、洸太郎は確かに安堵の表情を浮かべていた。

「俺としては、どうしても紗也がよかったからさ。目指してる店の雰囲気とか、俺のやりやすさとか、店員としてのスキルとか……いろいろな意味で紗也しかないなーと」

「やりやすさ、ねぇ……」

「や、だってさ、いくら兄貴がオーナーでも窓口になるのは俺だろ。まだ未成年だし学生だし、へたな相手だと舐められるだけだと思うんだよな」

「ああ……まぁ、確かに」

思わず頷くと、洸太郎は勢い込んで続けた。

「気心が知れてる相手ってのも善し悪しだとは思うけど、俺としては紗也じゃないと困るっていうかさ。これから店のこと詰めてくのに、感性とか趣味とかセンスとか……なんかそういうのが、俺とあいそうな気がするんだ」

「いつから俺に目ぇつけてたんだ？」

「その言い方はどうかと思うけど、えーと……三ヵ月くらい前かな。兄貴がカフェをやろうって言い出した頃。最初は雑貨店みたいな感じにしようかって話も出てたんだけど、絵とか見ながらお茶なんてのも、のんびりしてていいんじゃないってことになってさ」

オーナーの緩い思いつきでオープンするらしいカフェは、ほしやまいつきのギャラリーを兼ねたものになる予定なのだが、本人は基本的に金だけだして口は出さないのだという。洸太郎が未成年なので名義や手続きなどは当事者が請け負うものの、改装プランから人材確保、仕入れから営業形態までを一任しているらしい。

「一任っていうと聞こえはいいけどさ、ようするに丸投げなわけよ」

「信用してるってことじゃねぇの？　その年でもおまえならやれる……って」

「いやいや」

洸太郎は軽く手を振って笑った。

「違うのか？」

「会えば納得してくれると思うけど、そういうんじゃないから」

「ふーん……」

人物像がよくわからず、紗也はそれしか返せなかった。洸太郎はなにかと言うと「会えばわかる」を連発し、具体的なことを言ってくれないのだ。

わかっているのは本名と基本的なプロフィール、そして絵本や雑誌などに載せられる写真で知った顔くらいだ。本名以外は、以前から知っているものばかりだったが。

　夜道を歩くうちに酔いはすっかり醒《さ》めて、冷たくなった風に思わず首を縮めた。気温の下がり具合を舐めていたかもしれない。

「もうすぐ着くから」

「どう考えてもこのへんって商業地域だよな」

「うん」

　周囲を見渡す限り、民家より商店やオフィスビル、パーキングや専門学校などが目につく。駅からは歩いて十分ほどで、近くには国道も通っているようだ。何本か裏道に入っているので、車の音がうるさいということもなかった。

「あ、見えてきた。あの角」

「ああ……」

　指し示されたのは、角地に建つ一件の家だ。外観はカフェというより蕎麦屋のほうがあうんじゃないかという風情で、なかなか雰囲気がある。洸太郎は二階でほぼ一人暮らし状態らしい。ほぼというのは、逸樹の部屋も残っていて、年に何回か泊まることがあるからだという。改築はすでに終わっていて、基本的な設備も整っているので、早ければ三ヵ月ほどでオープンまで辿り着けるらしい。

　カフェに関してはメニュー構成から営業形態まで、基本的に紗也がやりたいようにやっていいと言われた。もちろん洸太郎と話しあった上で決めるつもりだ。好きなようにできるなど、自分がオーナーにでもならない限り叶《かな》わぬ話だろう。

そしてなにより魅力的だったのは、赤字を出さなければいい、という程度の経営でかまわないと言われたことだ。もともとギャラリーを作るところから派生したものなので、カフェは大幅な黒字を出さずともいいようだ。自宅なので家賃の心配がいらないための気楽さなのだろう。

「場所もそこそこいいよな」

辺鄙《へんぴ》な場所にあるわけではないので、ほしやまいつきのファンも訪れるはずだ。彼は女性ファンをしっかりとつかんでいるので、ギャラリーを兼ねているならば遠くからでも人が訪れることだろう。できればのんびりと店をやりたい。いまのカフェが忙しいせいか、ついそう思ってしまう。

店に着くと洸太郎は直接店内に入り、明かりを付けた。聞いていた通りの広さだ。建物の構造は民家そのものなので、普通の店では考えられない場所に柱があったりもするが、それが妙に店の雰囲気にはあっている。店内の三分の一ほどがギャラリースペースで、額に入った版画や出版物のほか、ポストカードやレターセットなどの小物も展示販売する予定となっていた。カフェはカウンターが五席と、テーブル席が七つ。三十人足らずで満員になってしまう小さな店だ。

「いいじゃん。なんかこう……買ってきた花より、そこらで摘《つ》んだ花があいそうだよな」

「裏に小さい庭もあるよ。よくわかんないけど、なんか咲いてるし」

庭と聞いてさらに気分は盛り上がる。ハーブなんかを育てて、それを軽食に使ったりハーブティーにしたりしてもいい。いちいち買うより安く上がるはずだ。

「本人の写真とか飾るのは、いやがる人か？」

「いや、平気。むしろ顔で絵や本が売れるなら上等……ってタイプ」

「……そうなのか」

意外な答えに戸惑いを覚えた。勝手なイメージで、提案しつつも難色を示されるものと思っていたのだ。思っていたよりも俗っぽい人らしい。

ほしやまいつきの顔は、あちらこちらで見ることができる。著作物でも写真を公開しているし、女性誌にイラストと写真付きでエッセイだかコラムだかを書いているのだ。テレビだけは断っているようだが、それは面倒だからというだけの理由らしい。

とにかく彼は顔がいい。イケメンなんて言葉では違和感がある、どこぞの貴公子のような雰囲気と風貌なのだ。

「本当に似てないよな。おまえも結構なイケメンだけどさ」

「あー、異母兄弟ってのもあるのかな。兄貴はお母さん似だって聞いた。俺は結構、親父に似てるはずなんだけど」

「そう……なのか」

「うん。紗也には言っときたいから言うけどさ、オレ七歳のときに実の母親に捨てられたんだ」

にこりと不自然に笑い、洸太郎はカウンター席のスツールに座った。戸惑いつつも、勧められるまま紗也も近くに座る。

まずいことを言ってしまったかと後悔したが、話の流れを止めたり急に変えたりするのも妙な空気になりそうで、結局は黙って洸太郎を見つめるしかなかった。

「オレが五歳んとき両親離婚してさ、オレは母親に引き取られたんだけど、二年後に母親が二度目の結婚考えたとき、オレのこと邪魔になったんだよね。でもそんときは父親死んじゃってて……あの人、オレを施設に入れようとしたんだよ。それ知った兄貴が引き取ってくれたんだ。まだ大学生だったのに、偉くね？」

「すごい……」

「うん。だから俺にとっては父親っていうか……そんな感じ」

さすがだと、胸が熱くなった。洸太郎の事情に心は痛んだし、身勝手な母親には腹も立つが、それ以上に兄の逸樹の人となりに心が揺さぶられた。やはり期待を裏切らない人だ。紗也を感動させた作品を作っただけのことはある。

大きく頷き、紗也は笑った。

「オレも言っとこうかな。うちも親とうまくいってない……っていうか、お互い無関心なんだよ。親は二人とも自分の仕事が一番大事で、俺は気の迷いでできちゃったみたいな感じ。むしろ仕事の邪魔くらいに思ってたっぽいな。俺を育てたのは祖母と保育士だよ。親子三人でメシ食った記憶もないもんな。もう何年も会ってない。俺が会社辞めてカフェで働いてることも知らねぇよ」

「そっか……」

「ま、別に気にしてねぇけどさ。どんな関係でも親はちゃんと生きてるし、人任せにはしてたけど、養育を放棄したわけでもないし」

「お祖母ちゃんとは会ってんの？」

「四年前に亡くなったよ。親孝行はしてねぇけど、ばあちゃん孝行は結構したんだぞ」

洸太郎が気にしないよう、笑いながらほんの少し得意げに言っておく。実際、やれることはやったつもりだし、紗也がいい会社に就職したと喜んでいたから、安心して逝ったはずだ。ちょうどその頃は付き合っている彼女がいたので、おとなしくて礼儀正しいその子と祖母を会わせたこともあった。祖母は彼女のことをいたく気に入っていたから、余計に憂いはなかったように思う。

紗也は視線を洸太郎から外し、天井を見ながら話を変えた。

「それよりさ、ほんとに俺もここ住んでいいわけ？」

「あ……うん。部屋余ってるし、楽だろ？　いまから二階見る？」

「ああ」

道すがらそんな話にもなったのだ。今回の改築で生活に必要なものはすべて二階へと移されたわけだが、それでも部屋は四つもあり、滅多に来ない逸樹の部屋を除いても二部屋余るという。そして紗也は来月にアパートの更新を控えていた上、ここまで通うなら少しばかり遠いと思っていた。渡りに船だった。

洸太郎に連れられ、店の奥から住居の玄関へと繋《つな》がるドアを開けた。

「家賃と生活費は、さっき話した感じでいいか？」

「いらないのに」

「そういうわけにもいかねぇだろ」

「じゃあ食費……あれ？」

怪訝《けげん》そうに見つめる先には、一足の靴があった。無造作に脱ぎ捨てられた革靴は洒落たデザインだが、洸太郎が好むタイプではない。

「なぁ、もしかして……」

「なんでいるんだよ、マジか」

洸太郎は慌ただしく階段を駆け上がっていき、戸惑いつつも紗也はゆっくりとそれに続いた。

この流れはどう考えても兄の逸樹――ほしやまいつきが来ていると考えていいだろう。彼は数年前から――洸太郎が大学生になったときから、生活拠点をよそに移したと聞いている。軽井沢と房総にアトリエを持ち、都内にマンションも購入し、この三ヵ所にそのときの気分で滞在するらしい。

緩やかな階段を上がりきると話し声が聞こえてきた。だが洸太郎の声ばかりで逸樹の声は届いてこない。

リビングらしい場所に顔を出すと、写真でしか見たことのない男が紗也を捉えた。

思っていた以上にきれいな男で驚いてしまう。きれいといっても女性的なそれではなく、あくまで男性としてのそれだ。ソファに脚を組んで座っていても、結構な長身であることはわかるし、嫌みなほど脚も長い。作家や画家というよりは、芸能人のようだった。

ほしやまいつきだ、と思うとやや緊張したが、ここにいるのは洸太郎の兄だと自分に言い聞かせ、笑顔を作った。

「……こんばんは。えーと、突然すみません。お邪魔します」

店で客に対してするように、丁寧に頭を下げた。雇い主にもなるわけだし、第一印象はよくしておきたい。彼が否と言えば、今回の話は白紙に戻ってしまうかもしれないのだ。

逸樹はにこにこ笑い、わずかに身を乗り出した。

「おー、美人だ美人。いいねぇ」

「は？」

のんびりとした調子で呟《つぶや》かれ、紗也は唖然とした。まさか挨拶を飛ばしてそんな言葉が返ってくるとは思わなかった。

気にした素振りも見せない逸樹の代わりに、洸太郎は溜め息まじりに言う。

「第一声がそれかよ。挨拶しろよ、挨拶」

「こんばんはー。初めまして、これからよろしくね。もちろん公私共々。っていうか主に後者がいいな。君、男とはやれるタイプ？　なんとなく、やれそうな気がするんだけど」

「頼むから黙れって。あー、これがうちの兄貴で逸樹……ほしやまいつきな」

まだ続きそうだった言葉を遮り、洸太郎は強引に紹介を始めた。

「どうもー」

「で、さっきも言ったけど店を引き受けてくれる上島紗也……さん」

「………」

紗也は無言のままもう一度頭を下げ、ひらひらと指先を振ってくる美貌の男を、まじまじと見つめ返した。

写真写りがいいわけではなく、むしろ悪いほうだったらしく、実物は甘さと艶《つや》を帯びたキラキラとした美形だ。そう、とても華やかで、かつ品がいいのだ。王子様や貴公子という言葉が笑う余地もなく似合ってしまう男を紗也は初めて見た。

だがこの顔で、そしてあんなに可愛い作風で、この男は初対面の相手になにを言った？

「……なんか、とんでもない単語がいくつも聞こえた気がしたんだけど……」

「言ったからねぇ。だって大事なことでしょ。男ありなら願ったりだし、最初に僕の素を知ってもらったほうがいいと思うし。あ、ちなみに僕はゲイじゃないよ。バイセクシャル」

「はぁ……」

これがあのほしやまいつきなのかと、自分の眼と耳を疑いたくなった。

見た目と作風を裏切っていることは早々に仕方ないと諦めた。だが三十過ぎた男がこれでいいのだろうか。なにより七歳の異母弟を引き取った父親代わりがこれでいいのだろうか。

「……まぁ、いいんだろうな。洸太郎、まともに育ってるし」

「へ？」

「いや、こっちの話」

洸太郎が怪訝そうな顔をしたが、紗也はそっと手を振ることで追及を断ち切った。

軽くはないショックを押し殺し、頭の隅で憧憬《しょうけい》というものがガラガラと崩れる音を聞きながら、紗也はにっこりと営業用の笑みを浮かべた。

「上島紗也です。よろしくお願いします」

「こちらこそ」

こうして紗也の新しい仕事と住まいは決定したのだった。

忙しく動きまわっていれば三ヵ月などあっという間だ。

あの翌日には勤めていた店に退職の意思を伝え、二ヵ月という期間を経て店を去った。同時に辞めるのもどうかということで、アルバイターながら得難い戦力だった洸太郎はつい昨日、店を辞めた。

最初の二ヵ月は働きながらだったが、準備期間としては充分だった。

「ドリンクメニューってさ、もっと増やしたほうがよくない？」

メニューを印刷する前の下書きをしげしげと見つめ、洸太郎はうーんと唸《うな》った。全体的にメニューは少なめで、ドリンクはアイス系を含めても八種類しかないのだ。スイーツはパンケーキとワッフルで、軽食はホットサンドや先のパンケーキとワッフルを付け合わせで食事にアレンジしたものとなる。つまりメニューを絞ってあるのだ。

「最初はそんなもんでいいだろ。こっちも作って出すって仕事には慣れてねぇし、様子見て変えてけばいいかと思ってさ。客だってギャラリーのついでみたいな気持ちで来るだろうから、カフェメニューになんて期待してねぇよ」

「そうかも……」

オープンを前に、すでにファンのあいだでは話題となっているらしいのだ。これは逸樹が関わっている女性向けファッション誌で紹介されたせいだ。正確な場所も店名も載せなかったというのに、一部のファンが根性で探りあてたのだった。

「あとはこれに、逸樹さんの絵を入れてプリントして……あ、パウチみたいのするより、色つきの厚紙に貼りつけたほうが、雰囲気出るよな？」

「と思う。花も明日届くし……半分ハーブなとこが笑えるけど」

「どうせなら実用品がいいだろ。この時期じゃ、庭に植えても育たねぇし。見てろよ、すくすく育ててデカくして、適当に摘んで自家製フレッシュハーブティーとかいって出してやるから」

「たくましいねぇ」

いきなり聞こえてきた声に振り返ると、カウンターの奥のドアから逸樹がやってくるところだった。真っ白なシャツを出して下はチノという、よく見るスタイルだが、よく見るとシャツは皺だらけだ。どうせ寝ていたのだろう。

どういうわけか、あれから逸樹はずっとここに留まっている。年に数えるほどしか来ないと聞いていたのに、三ヵ月近くずっとここで寝泊まりしているのだ。仕事もここでやっているらしく、アトリエにもマンションにも行かない。

「紗也ちゃーん、お腹すいたー」

言いながら抱きついてくるのはいつものことで、紗也は深い溜め息をつく。この兄弟は揃いも揃って無駄に身長が高く、腕も長くできているので、背中から抱きつかれようものならすっぽりと腕に収まってしまうのだ。おまけに身体はそれなりに引き締まっている。毎日自転車通学している洸太郎はともかく、自宅で絵筆を握っている逸樹がどうしてこの身体をキープしているのか、三ヵ月一緒に暮らしていても謎は解けていない。

「重い、邪魔、鬱陶《うっとう》しい」

「ひどいなぁ、愛情表現なのに」

「いらねぇっての」

「口の悪いとこも可愛いけどね。んー、やっぱり紗也っていい匂いがするなぁ。すごくそそる……」

「変態くさいこと言うな。あ！　なんだよ、皺どころか袖真っ黒じゃねぇか。仕事するときは袖捲《まく》るか着替えろって言ったろ」

まわされた腕にふと目をやったら、真っ白な袖が黒く汚れていた。おそらく寝る前は仕事をしていたのだろう。

「別にいいよ、気にしない」

「俺が気にすんだよ。ああ、もう仕事着でも買えよ」

逸樹という人間は着るものに頓着しない。それは汚い服を着るとか、セレクトにセンスがないといった意味ではなく、まったくといっていいほど惜しまないという意味だ。いま着ているシャツも、かなり高価な上に新品だったのだ。

「いちいち着替えるの面倒だし」

「じゃあ割烹着《かっぽうぎ》でも買ってきてやるよ。それ着てやれ」

言った途端に洸太郎がぶはっとコーヒーを吹きだした。練習用に入れたコーヒーを、試飲しているところだった。

だが言われた逸樹は笑う気配も嫌がる様子もなかった。

「割烹着か……似合うかな」

「……やっぱいい」

意外と乗り気の反応を示され、紗也はがっくりと肩を落とした。逸樹と話していると、どうにも負けた気分になってしまう。

この男は風に吹かれる柳か、ふわふわと浮かぶ雲のようだ。柔らかくてつかみどころがない。天然なわけではなく、すべて承知で相手を手の上で転がし、反応を見て楽しんでいるのだ。見た目は彼が生みだす作品のイメージを裏切らないのに、言動がすべてを台なしにしていた。もちろん素を晒けだす相手は選んでいるようだが。

「だから匂い嗅ぐなっ……あんたは動物か！」

「動物はある意味正解かな。まぁ、ぶっちゃけケダモノ？　紗也ちゃんのフェロモンで、ただいま発情中。責任取って」

語尾を弾《はず》ませ、逸樹は言った直後に紗也の首筋にがぶりと噛みついた。痛みはないが思わず身を竦《すく》ませてしまう。軽く立てられた歯に、ざわりとした妙な感覚が身体を走った。

肘で真後ろの男を押しのけようとしたが、まったく離れる気配がない。諦めと呆れを込め、大きな溜め息をついた。

「あんたは誰彼なく発情するだろ」

「それは誤解。好みのタイプにしか反応しないよ」

「守備範囲がとんでもなく広いみたいだな」

「うーん、それは否定しないけど」

言いながらもまだ離れていかない逸樹を、カウンター越しの洸太郎は生ぬるい目をして見つめている。コーヒーはすでに飲み干したようだ。

洸太郎は逸樹の言動——紗也に言わせれば奇行——を、常にそういった目で眺めている。はやし立てるでもなく、咎《とが》めるでもない。ときおり小さく頷いているのが気になるところだが、諦めてすべてを受け入れているようにも見えた。

「一番好きなのは紗也なんだけどな」

「ああ、そう」

「顔もだけど、身体も好きなんだよ」

「誤解を招くような言い方すんな……！」

紗也は思わずちらりと洸太郎を見て、彼の反応を気にしてしまった。声には出さず、目を丸くしていた。

「違うからな、逸樹さんとはなんにもないから！　好きとか言ってんのは、見た感じでって意味だぞ。つーか、どうせ誰にでも言ってんだよこんなの」

「だから誰にでも言うわけじゃないよ。顔も身体も性格も好きな子は少ないし。肌も白くて、きめ細かくて、きれいだよね。感度も絶対にいいと思うんだ。声も好きだよ。アンアン言わせて泣かせたら、きっと可愛い」

「セクハラはやめろって言ってんだろ。俺、それで二つ目の会社辞めてんだけど」

「僕のは愛だよ」

「そんな愛はいらない」

コーヒーカップをきっちりと拭きながら、紗也はにべもなく返した。逸樹の言葉遊びに付きあうのももう慣れた。最初はスキンシップの激しさと、イメージとのギャップ——爽《さわ》やかにシモネタを口にすることに目眩《めまい》さえ覚えたものだが、人はなんにでも慣れる生きものだ。

じゃれつく逸樹を背中に張りつかせたまま作業を続けていると、洸太郎はうっとりとした目をしながら呟いた。

「いいなぁ、楽しそう」

「てめーは空気読め」

揶揄《やゆ》ではなく本気で言っているらしいのが頭の痛いところだ。最近の洸太郎は、こんなふうに楽しげに紗也を眺めていることが多かった。逸樹がじゃれついているときもだが、一人でいるときも同じだ。とりあえず毎日楽しそうではあった。

「今日の晩ごはんなに？」

「豚の生姜焼きと、けんちん汁。あとは昨日の残りもんだな。肉焼けばいいだけにしてあるよ」

「明日は魚にしてね。魚食べたい、魚。前に作ってくれた、すり下ろした人参で煮たやつがいいな」

「はいはい」

おざなりに頷くものの、明日の献立が決まって内心ほっとした。大学に入ったときから自炊しているので紗也はそこそこ料理はできるが、人に食べさせるとなれば話は別だ。プレッシャーというほどではないが、結構いろいろと考えてしまう。同じものを何度も出すのはためらわれるし、それなりのボリュームと栄養バランスを考える必要もある。幸い紗也は食費を切りつめることなく贅沢に材料を使えるが、世の主婦はもっと厳しい条件でどう乗り切っているのかと、買いものに行くたびに彼女たちの押すカートの中身を見てしまう日々だ。

ありがたいことに宮越兄弟は好き嫌いがなくなんでも食べる上、うるさいことを言わない。せいぜい食べたいものをリクエストする程度だ。三ヵ月もすると嗜好もわかり、とりあえず和食が好きらしいことはわかった。

「そろそろ鍋もいいよね」

「あ、それいい！　鍋、鍋！　すき焼きに湯豆腐に寄せ鍋に……」

一気にテンションを上げた洸太郎は、思いつく限りの鍋料理を上げていき、この冬で全部やろうと意気込んだ。よほど鍋好きらしい。そのあいだも逸樹は背中に張りついていき、紗也の腹のあたりでしっかりと手を組んでいた。機嫌がいいのか、小さく鼻歌まで聞こえる。

「いい加減離れてくれませんかね」

「恋人になってくれたらいいよ」

「交換条件がおかしすぎるだろ。まったく、仕事とメシのとき以外は、やることしか考えてねぇよな、あんた」

「失礼な」

さも心外だと言わんばかりだが、声に不快な様子はこめられていなかった。紗也がどんな暴言を吐こうとも、逸樹はまったく気分を害さないのだ。もちろん最初からこんな口を叩いていたわけではないが、一ヵ月もたたないうちに遠慮がなくなったのは確かだ。

背中に張りつく男には幻滅させられてばかりだった。とにかくいろいろだらしないのだ、特に下半身事情が。

「本気なのに」

「よく言うよ。セフレ山ほどいるくせに。どうせ明日も出かけるんだろ？」

昨日の夜も遅くに出かけ、帰ってきたのは深夜だった。

そう、逸樹にはときどき会ってセックスする相手が相当数いる。紗也や洸太郎はセフレだと言っているが、本人曰く「彼女」あるいは「恋人」らしい。なかには「彼」もいるようだが圧倒的に数は少なく、いまは二人だと堂々と言っていた。そんな大勢の恋人たちから、逸樹のところには頻繁に電話やメールが入ってくる。専用の電話も持っているので、試しに登録者数を聞いてみたら、驚くべきことに三桁に上っていた。そのうち現在「稼働中」なのは十数人だということだ。

「んー明日は昼間にちょっとね。夕方には帰るから、ご飯よろしく」

「はいはい。魚ね……いい鱈《たら》あるかな」

「紗也ちゃん、どんどん主婦っぽくなっていくよね」

「デカイ子供、二人も抱えちまったからな」

「えー僕は旦那さまでしょ」

「愛人が何十人もいる旦那なんかいらねぇよ」

「ああ……うん、まぁそうだよね」

珍しく引き下がった逸樹だが、相変わらず離れてはいかない。ただ口数がめっきり減り、それを洸太郎がちらちらと気遣わしげに見る、という妙な絵面《えづら》が出来上がった。

紗也はといえば、ひたすら食器を拭き続けていた。カップや皿は、可愛らしくも頑丈そうなもので揃えたので、少しばかり扱いが粗雑でも大丈夫だ。

「よし。じゃ、俺メシ作ってくるんで、あとよろしく。そんなに時間かからないから、適当に上がって来いよ」

「あ、うん。メニュー表仕上げればいいんだよね」

「ああ。そういうことなんで、離してくんない？　メシの時間遅くなるぞ」

「しょうがないか。本当は紗也ちゃんを食べたいんだけどね」

「ベタだな」

予想していた言葉が出てきたので思わず笑い、紗也はようやく緩んだ腕から抜けだした。そのまま二階へと上がりながら、無意識に自分の身体を抱きしめた。

ずっと抱きこまれていたせいか、なんとなく寒さを感じる。人肌というのは案外温かなものだと、久しぶりに思いだした。思えば恋人と抱きあっているときでも、それを実感したことはなかった気がする。紗也の記憶のなかで、人と触れあって温かだと感じたのは、四年前に亡くなった祖母の手くらいだ。恋人にすら感じなかったぬくもりを、セクハラされて感じるなんてどうかとも思うが。

「変な男だよな……」

逸樹は発言や行動だけでなく、存在そのものが不可思議で、紗也は振りまわされないようにするので精一杯だ。だからといって一緒にいて疲れるわけでもない。むしろこれまでになく自分らしくいられる。

他人との初めての同居は、紗也が思っていたよりもずっと気楽で快適なものだった。

「夜食、ここ置いとく」

「ん」

かすかな声が、ようやく耳に入った。返事だったのか、ただの息だったかもわからない。逸樹は顔を上げようとせず、その目を紙の上から離そうとしなかった。

　ワゴンテーブルの上にコーヒー入りのサーモボトルとラップサンドを置き、紗也は静かに仕事部屋から退室した。

　仕事中の逸樹はいつもこんなふうだ。集中力が高く、周囲のことなど忘れ去ってしまうから、きっと紗也が入室したことにも気付いていないだろう。忘れ去るのは音や気配だけでなく寝食もなので、ときどき様子を見ないと大変なことになる。実際、一人でアトリエやマンションで仕事をしていたときは、終わった途端に気絶するように眠ったり、限界が来て倒れたりしていたらしい。小さな作品ならばいいが、大きなものや時間のかかるものが危ないのだ。

　盗むように見た横顔を思いだす。

「詐欺だろ、あれ……」

　もう何度そう思ったかわからない。夕食時まではいつも通りで、セクハラとしか思えないようなことばかり言って緩い笑みを浮かべていたのに。

　仕事中の彼は別人のようだ。普段とのギャップがありすぎるせいか、なかなか慣れることができないでいた。怖いほど真剣な顔は、整いすぎている顔立ちのせいもあって、ひどく近づきがたい。ストイックさすら感じた。

　ストイック――普段の逸樹には最も縁遠い言葉だろう。かといって作風から受ける印象とも違っている。

「とりあえず……格好いい、よな」

いろいろと極端な男だと思うが、どれも嫌いではない。そう思う自分が、かなり不思議だった。もちろん性的にだらしないという点においてはマイナス評価を持ち続けているが。

ふうと息をついてリビングに戻ると、風呂から上がった洸太郎がテレビの前に陣取っていた。

「ちゃんと髪拭けって言ったろ」

ぽたぽたと水滴を垂らしている姿に溜め息をつき、紗也は洸太郎が首にかけたタオルでがしがしと髪を拭いた。

兄弟揃って手がかかる。だが放っておくとかえって紗也の仕事が増えるので、つい手を出してしまうという悪循環だ。

「ここまでドライヤー持ってきといて、なんで水垂らしてんだよ」

「テレビ見てたら忘れちゃった。紗也ー、乾かしてー」

「ガキかよ」

「いいじゃん。やってやってー」

期待に満ちたまなざしを向けられ、紗也はチッと舌を打つ。一緒に暮らすようになってからの洸太郎は、なにかにつけて露骨に甘えてくるのだが、それをはね除け切れない自分も大概だ。

洸太郎の視線や言葉からは、相変わらず色気のようなものが感じられない。ある意味で熱っぽいのだが、それは純粋に懐かれているといった感じだ。

大きな子供か、犬。紗也にとって洸太郎はそんな存在だ。

「しょうがねぇな、そこ座れ」

「わーい、ありがと、お母さ……」

「え？」

「あー、うん。なんでもない。早く早く」

前半の礼は聞こえたが、後半はよく聞き取れなかった。紗也は怪訝そうにしながらも、ドライヤーを手に取った。

「まったく自分でやれよな」

文句を言いつつもソファに腰を下ろし、床に座って背中を向けている洸太郎にドライヤーの風を当てる。染めたわりに痛んでいない髪が風に煽《あお》られて舞っている。

なんだかんだと言いながら世話を焼いてしまうのは、洸太郎たちがそれに対して感謝の意を示してくれるからだ。いまのように言葉もくれるし、態度でも示してくれる。照れくさいけれども嬉しくて、まぁいいかと思ってしまうのだ。

ご機嫌な洸太郎はいつにも増して饒舌《じょうぜつ》だった。話題の中心はオープンする店のことだが、ほかにも食べものやテレビの話題も出る。このあたりは以前と変わりないはずだが、プラスして最近は一日の報告のようなものが加わるようになった。大学であったことや友達の話。聞いて欲しいという思いが前面に出ているのだ。

「でさ、今日も学食で、うちのこと話してるの聞いちゃった」

「女の子？」

「そう。逸樹のファンらしいよ」

「大学生にも人気あるのか」

「そりゃあるよ。作品じゃなくて、本人のファンみたいだけどな」

「ああ……その子たちって知りあいか？」

「顔見しり程度。誘われたことならあるけど、好みじゃないから断ったら、あることないこと言いふらされた嫌な記憶しかないけどさ」

顔は見えなくても洸太郎が苦い表情になっているのはわかった。声の調子が露骨に嫌悪感を滲《にじ》ませていたからだ。

「おまえが弟だって知らないのか」

「誰も知らないよ。逸樹って本名非公開だし。まぁ調べればわかるけどオレとは似てないしさ。苗字一緒でも、結びつけたりはしないんじゃないかな。年も離れてるし」

「顔立ちも雰囲気も違うもんな。けどおまえが店にいるって知ったら、バレるんじゃないのか？」

「それならそれでいいよ。必死に隠す理由もないしな」

「言いふらした子たち、気まずいだろうな」

思わず呟いたら、洸太郎は意外そうな顔をして振り返った。心なしかその顔が微笑ましげなものに見える。

「なんだよ」

「いや、なんていうか……意外とスレてないんだなーと思ってさ」

「はぁ？」

「オレが思うにさ、そいつら自分がしたことも忘れて、性懲《しょうこ》りもなく媚《こび》売って来ると思うよ。もし逸樹に会ったら、オレの友達とか言って近づくよ」

「まさか……」

厚顔にもほどがあるだろうと信じられない思いで洸太郎を見つめていたら、長い腕ががばっと胴に巻きついてきた。

「紗也、可愛いっ」

「ちょっ……脈略がねぇだろ！　兄弟揃って抱きつき魔かよ」

「逸樹とは意味が違うって」

「それはわかるけどさ」

日常的に抱きついてくる逸樹には、常にセクシャルな気配が潜《ひそ》んでいる。ただ抱きつくだけではなく、いやらしく触ろうともするのだ。洸太郎の場合は子供やペットがじゃれついてくるのと大差ない。友人同士のスキンシップですらなかった。

「逸樹はマジで紗也のこと狙ってるよな」

「まぁ、やりたがってるみたいだな。外に山ほどセフレいるってのに、まだ足りねぇのかね。あの人、新しもの好きなのか？」

「え、いや紗也はそういうんじゃないって」

「ああ、あれか。いよいよ外へ出るのも面倒くさくなってきて、手っとり早く家のなかですまそうっていう……」

「そうじゃなくて！」

いきなり身体を起こして洸太郎はじっと紗也を見つめる。どこか焦ったような様子だ。

ドライヤーの電源を落とし、あらかた乾いた髪をくしゃりと乱してやると、拗《す》ねたようにやけに子供っぽい顔をした。

「あれ、逸樹なりに口説いてんだぞ」

「いやいや、それはないって。好きとか本気とか言ってるけど、あれ誰にでも言うんだろ。だいたいセフレを彼女とか言う男だぞ？」

「逸樹は恋愛対象にならないか？」

「俺、ゲイでもバイでもねぇから。知ってんだろ？　俺、いままで彼女三人いたって」

そのすべてに振られてしまっているけれども、それは紗也が至らなかったせいだ。学生時代から同性の告白を受けたり、前の職場でセクハラなんてものをされたせいもあり、否応《いやおう》なしに同性愛と向きあうはめにはなったが、一度として同性を意識したことはなかった。

「知ってるけど、逸樹に触られても口説かれても、あんま嫌がってなかったから、ありなのかと思ってた」

「……嫌がって、なかったか……」

「なかった」

力強い断言に、軽いショックを受けた。無自覚だったわけではないが、他人の口から言われるとまた衝撃度も違うものだ。

「そうか……」

「だから紗也もまんざらでもないのかなって思ってたんだよ。だって紗也、セクハラで前の会社辞めたわけじゃん」

「……そうだな」

それほど嫌だったし、ストレスにもなった。危機感よりも嫌悪感が強くて、精神的にも相当追いつめられた。元上司にされたのは、人がいないときに卑猥《ひわい》な言葉をぶつけられたことと、性的関係を迫られたこと、そして少しばかり触られたことだった。逸樹がしていることとそう違いはなかった。

「セクハラ上司って、見た目とかヤバかったのか？」

「別に悪くなかった……と思う。けど、なんとなくダメだった。なんか……ねっとりした感じで、陰湿っていうか」

「ああ……」

黙りこんだ紗也を気遣ってか、それきり洸太郎もなにも言わなかった。ただ心配そうな表情のまま、足下にじっと座っているだけだ。まるで大きな犬が飼い主のそばに寄り添っているように。

少し和んだ。やはりこれは紗也専用の犬なのかもしれない。

「まぁ、ほしやまいつきのファンだったしな。本人じゃなくて作品のほうだけど……それで点が甘くなってるってのはあるかも。二度目だから耐性も付いてるし」

「セクハラって慣れるもんなの？」

「さぁ」

「えーと、とにかく逸樹のことは嫌じゃないんだな？　ここ出てくとか、ないよな？」

「あーそれはない。すげぇ楽しいし」

三人で囲む食卓はにぎやかで楽しく、作った料理を美味そうに食べてくれるのも、褒めてくれるのも嬉しい。それは一人の食事では到底味わえないものだ。祖母と向かいあって取る食事も好きだったが、それも遠い記憶となりつつあった。

「男三人でっていうのが、ちょっとあれだけどさ、なんかこう……家族みたいな感覚なんだよな」

とにかく逸樹のセクハラには多少困っているが、大きなマイナスにはなっていないのだ。

「家族……」

「まぁ、エセ家族だけど。洸太郎たちはともかく、俺は赤の他人だし」

「夫婦だって最初は赤の他人だよ」

突然聞こえた声に振り返ると、ゆったりとした足取りで逸樹が近づいてきた。仕事を終えたのか気分転換なのか、張りつめた雰囲気はまとっておらず、いつも通りの緩さだ。雲のようにつかみどころがない。

「仕事終わったのか」

「さっきやってたのはね。ちょっと休憩してから雑誌のほうをやるよ。夜食はそのときもらうから」

隣に座った逸樹は当然のように紗也の腰に手をまわす。あまりにも自然なのと慣らされてしまったので、紗也もいちいち文句を言ったり振りはらったりということをしなくなった。

「……どういう絵面なんだよ、これ」

隣には腰を抱く男がいて、足下には飼い犬よろしく座る男。むさ苦しいタイプではないのでかろうじて許容範囲だが、冷静に考えるとおかしいのではないかと思う。

「いいじゃない、仲良し家族みたいで」

「いや、家族って……」

「可能だと思うよ。だってほら、本当の親子だからって本物の家族になれるわけじゃないでしょ」

「……そうだった」

まさに紗也と洸太郎がそうだから、思わず納得した。

手遊びのように指先で髪を弄《いじ》られ、甘ったるい視線を向けられると、妙に落ち着かない気分になる。

居心地が悪いような、恥ずかしいような、とにかくいたたまれない気分だ。

視線の強さを感じながらも逃げるようにしてテレビのほうを向くと、耳もとで柔らかな声が囁いた。

「だからさ……家族になろう？」

なにも答えられなかった。

口調は軽いはずなのに、その言葉は紗也の胸に強く響いた。


それなりに忙しいと思うよ、なんて逸樹に言われたときは、思わず笑い飛ばしそうになったものだった。すぐに理由を説明され、一応は納得したものの、紗也はなお半信半疑だったのだ。いくら逸樹にファンがついていようと、彼はあくまで絵本作家であり芸能人ではない。そう考えていた。

結局のところ、認識が甘かったと言わざるを得ない状況になっている。仕事やプライベートの関係者などが大勢来てくれると言っている……とは聞いていたが、そこに逸樹のファンが加わり、開店前から行列が出来るという異様な事態になってしまった。住宅街でなかっただけマシかもしれないが、列を放置しておくのも気が引けて、紗也は仕方なしに開店時間を二十分ほど早めることにした。

ファンが大挙してやってきた理由は、初日ならば逸樹がいるだろうと期待したためらしい。実際、逸樹はずっと店にいて、にこやかに客の相手をしている。

店の名前は〈しゅえっと〉だ。決めたのは逸樹で、「フクロウ」や「素敵」などの意味を持つフランス語らしい。フクロウは彼の作品にも頻繁に登場するモチーフであり、看板やメニューなどにも描き下ろしたフクロウのイラストが使われている。

色の濃い木材と漆喰《しっくい》をふんだんに使った店内は、落ち着いた雰囲気で、飾った絵や花がよく映えた。調度品も建材の木と似たような色で揃えたので違和感もない。レトロ感たっぷりだが古くさくはないという絶妙な具合に紗也は自画自賛した。

客からの反応も悪くない。居心地のいい空間作りを心がけたのでそこは満足だが、長居をする客が多いことがネックと言えばネックだろうか。採算はあまり考えなくていいので大きな問題ではないのだが。

外には客が一組待っている。さすがに列は開店前だけだった。

「ま、こんなのは最初だけだって。そのうち落ち着くよ」

「だといいけどな」

開店直後から二人しててんてこ舞いなのだが、客が協力的なのでなんとかこなせている。基本的には手伝わない逸樹も、気が向くと食器を片づけるくらいはしてくれていた。

「うーん……見事までの『ほしやまいつきバージョン』だよな」

「そりゃファンの夢と希望を裏切っちゃまずいじゃん」

紗也と洸太郎は、こそこそと言葉を交わしあう。コーヒーを入れる紗也の横で洸太郎はカップを洗っているところだった。

カウンター越しには客がいるが、逸樹に視線も意識も固定されているし、水音がごまかしてくれるので聞こえてはいないだろう。

逸樹はカウンターに肘を突いて体重を預け、二人連れの客と談笑している。柔らかな笑みと穏やかな話し方は、まさしく彼が生みだす作品のイメージを裏切らないもので、貴公子と言われるのも納得の立ち居振る舞いだ。どこへ出しても恥ずかしくない。

だが紗也にとっては違和感しか生まないものだった。三ヵ月も素のままの逸樹と暮らしていれば、そちらに慣れてしまうのは当然だろう。

果たしてセフレたちは、本当の逸樹を知っているのだろうか。もし知っているならば、その上で彼女たちは、貪欲に欲を満たすときの逸樹も知っているということだ。

ひどく不快になって、あやうく客の前で顔をしかめてしまいそうになる。眩しいはどの笑顔を安売りしている逸樹を見るのも嫌でたまらなかった。

(だめだ、こんなんじゃ)

仕事中だと思い直し、いろいろな思いを頭のなかから追いだす。なんでそんな気持ちになったかも、追及することはやめた。

紗也はコーヒーと紅茶をトレイに載せ、一番奥の席まで運んでいく。こちらも女性の二人連れだが、カウンターの二人とはどこか雰囲気が違っていた。逸樹を目で追うのは同じなのだが、浮ついた感じがないのだ。

「ごゆっくりどうぞ」

「ねぇ、店員さん」

「はい？」

一礼して立ち去ろうとしたら呼び止められ、慌てて身体ごと向きなおった。話しかけてきた女性は二十代後半といった感じの美人で、やたらと短いスカートを穿《は》いて、きれいな脚を惜しみなく晒している。少し派手なその雰囲気は、メルヘンとファンシーを押しだしたこの店では少し浮いていた。

「ほしやま先生って、お客さんなら誰とでも話してくれるの？」

「全員ではないですけど……望まれない方もいらっしゃいますし」

「ふーん、じゃあ希望したら来てくれるってことね？　次、お願い」

「お伝えしておきます」

にっこりと笑ってカウンターへ戻りながら、紗也は苦い顔になりそうなのをなんとか取り繕った。

心のなかで、ここはホストクラブじゃねぇんだよ……と悪態《あくたい》を付いてはいたが。

せっかく追いだした負の感情が、みるみるうちに戻ってきてしまう。大きく息を吐きだすことでなんとかやり過ごし、一応逸樹に伝言をした。声が尖《とが》らないように、ひどく気を使った。

「わかった、ありがとう」

逸樹は甘く微笑んでから、何気なく奥の席に眼をやった。

そこで紗也は確信する。奥の客はファンではなく、プライベートでの知りあいだ。おそらく話しかけてきたほうがセフレ——いや、彼女の一人なのではないだろうか。

途端に気分が悪くなった。まさかここで待ちあわせて、これからデートなのだろうか。

(そっち関係では使うなって、言っておくべきだな)

仕事の打ち合わせなどは別にいいが、ふしだらな関係の相手とここでベタベタされるのは我慢がならない。自分の城を踏み荒らされたような気持ちというのに近いだろうか。自分からは見えないところでやってくれと、せつに願った。

ポストカードを買いたいという客を相手にしていた洸太郎が、いつの間に届いたのか立派な胡蝶蘭を手に戻ってきた。もういくつめになるかも不明の開店祝いだ。札には〈祝〉の文字と店名しか書かれていなかったので、洸太郎から受け取った伝票を見ると、そこには女性の名前が書いてあった。住所は都内だ。

「うーん、これも『彼女』っぽい」

「ああ……」

仕事関係ではないらしい相手からの花も、とっくに片方の手では足りなくなっている。おかげで店先も店内も花であふれている状態だ。そろそろ置き場所に困る。

セフレのなかで稼働中なのは十数人と聞いたが、開店祝いとして届いたものや訪れた知人の数を見る限り、明らかにその倍以上は行動を起こしているようだ。あるいは休止中の相手が復権を目指して必死にアプローチをかけているのかもしれない。

「いや、でもあれだよ。向こうが必死なだけで、逸樹は執着してないから」

「だろうな」

顔と身体の相性さえよければ、きっと性格なんてどうでもいいのだろう。そういう意味で逸樹の趣味はあまりよくなさそうだ。

「いつか刺されるぞ」

「……笑えない」

洸太郎は引きつった顔で呟き、なんとか見つけたスペースに鉢植えを置いて戻ってきた。その彼にも客の一部は熱い視線を注いでいた。逸樹目当ての客とはいえ、同じ空間に見目のいい男がいれば気になるのだろう。同じ理由で紗也もかなり熱く見られていた。

浮ついた雰囲気が収まらない店内で、やはり誰より視線を集めている逸樹は、ようやくカウンター席を離れて奥のテーブルへと向かった。パンケーキの注文に応えながらさり気なく観察した末に、やはりあれはセフレだと確信した。女性が逸樹に向ける視線には、憧れではなく親しみに近いものがあった。同行女性のような緊張感のようなものがなく、代わりに優越が見え隠れしている。

(やっぱ顔か……あ、それと身体だな。どう考えても見た目重視だ)

セフレとおぼしき女性のスタイルのよさは群を抜いている。それに花を贈ってきた人物のなかには、紗也でも知っている女性モデルの名もあったから、もしかするとそれも彼女の一人なのかもしれない。

客席のあいだを泳ぎまわる逸樹は、紗也の知らないひとのようだった。いろいろとだらしない宮越逸樹ではなく、実際に会う前にイメージしていた〈ほしやまいつき〉だ。

おもしろくない。胸にあるこの感情を一言で表すならばそれだった。

我知らず紗也は溜め息をついていた。何度目かになる小さなそれは、近くにいる客にも気付かれることはなく、店内に響く様々な音にまぎれて消えていった。

オープンから五日たった。今日も〈しゅえっと〉は大盛況だ。

もうすぐラストオーダーの七時半を迎えるが、店内には大勢の客がいて、空いているのはカウンター席のみだった。相変わらず人の入りはいいが、売り上げ自体はそうでもない。客単価が低いからだ。

(まぁ、予想通りだよな)

あれから毎日のように逸樹が店にいるせいか、客がなかなか帰ろうとしないのだ。追加オーダーをしてくれる客もいるが、ほとんどはコーヒーや紅茶一杯で長時間粘る。だからこそ洸太郎がいないときでも一人でまわせるのだが。

「じゃあそろそろ仕事してくるから。皆さん、ごゆっくり」

逸樹は奥へと引っこんでいこうとして、ふと思いついたように足を止めた。紗也に向けた視線には、言葉を待つような表情が浮かんでいた。

わかっている。ここで紗也が頼みごとという名の指示を出せば、逸樹は躊躇《ちゅうちょ》せずにそれを果たすのだ。オープン以来そうだった。テーブルの片づけだったりレジであったり、なぜか逸樹は店に居座りたがる。閉店間近に出ていこうとするのは、逸樹がいなくなることが客の退店を早めると知っているからだ。ようするに早く夕食の支度をして欲しいのだ。

承知した上で紗也はにっこりと笑った。

「お疲れさまでした、センセイ」

意味のない行動だと、言ったすぐそばから思った。ただなんとなく、空々しい逸樹の笑顔になにか言ってやりたくなっただけだ。

「そう？　んー……もう五分くらい、いようかな」

読めない笑顔でそう言って、逸樹は紗也の肩に手で触れた。傍から見たら軽く叩いたように見えただろうが、実際はするりと撫でていった。その際に、顔を近づけて「そういう顔も可愛いね」などと囁きを残していくことは忘れなかった。

家のなかでは相変わらずセクハラし放題だが、さすがに人前では控えているのだ。とはいえカウンターで見えないのをいいことに、尻を触ってくるのは日常茶飯事だった。

客の視線を充分に意識して、なに食わぬ顔でグラスを拭く。触れられた肩を気にしないように、落ち着かない胸の内を鎮めるように。

視界の隅では、レジに立った逸樹に近づこうと、客が次々と会計のために席を立っていた。あと五分と言ったので動いたようだ。わざわざ時間を切ったのは、これを見越してのことなのだろう。つくづく食えない男だと思った。

五分もしないうちに全員が帰ったときは、呆れて溜め息をつきたくなった。逸樹が顔を出さなくなったら客足は激減するのではないだろうか。

「この店、大丈夫か？」

「大丈夫でしょ。僕が出なくなったら客層が少し変わるだけだよ」

「そんなもんか」

「もう少し落ち着けば紗也目当ての客だって増えるだろうしね。いまは僕のほうが優先順位高いんだろうけど」

「そりゃあんたのファンだからな」

粘るのはファンが多く、セフレの客は結構あっさりしているのだ。セフレ客のなかにも粘る者はいるが、どうやらそれらは「稼働中でない者」ばかりらしい。

「じゃあ今度こそ戻るね」

「はいはい、お疲れ」

逸樹を送りだしてから、紗也は時計を見やった。あと三分で〈ＣＬＯＳＥ〉のプレートを出す時間になる。

そう思ったとき、ドアの向こうに二つの人影を見た。

「すみませーん、もう終わっちゃいました？」

ひょいと顔を覗かせた女性に、紗也は笑顔で「どうぞ」と言った。ギリギリでも時間内だし、まず尋ねてきたことに好感を抱いたからだ。ただし三十分後に閉店だと告げると、彼女たちはそれでもいいと承知した。

二人連れの女性客はきょろきょろしながら入店すると、アイコンタクトを取った末にカウンター席に座った。彼女たちに水を出したあと、断ってからカウンターを離れ、ドアにプレートをかけた。ちょうどラストオーダーの時間になっていた。

「コーヒーとカフェオレ」

「かしこまりました」

　並んで座る女性たちはどちらも大層な美人だった。年は二十代なかばから後半といったところで、一人は理知的でマニッシュな美人、もう一人はやたらと色気のある妖艶な美女だった。だが顔立ちはよく似ていた。メイクのせいで似て見えるわけではなく、本当に顔立ちがそっくりなのだ。ただし印象はまるで違った。

　彼女たちは話をするでもなく、コーヒーを入れる紗也の手もとをじっと見つめていた。作業だけでなく、紗也自身をも見ているらしい。熱っぽい視線ではなく、むしろ観察するような冷静さとなんらかの意図を感じ、ひどく居心地が悪かった。

「お待たせしました」

　それぞれの前にカップを置くと、彼女たちはそれぞれに優雅なしぐさで口を付けた。表情を見る限り不満はないようだった。

「うん、美味しい」

「ありがとうございます」

「あなた、すごくきれいな顔してるのね。年いくつ？」

「二十五です」

　前半はスルーして笑顔で答える。この手の言葉は以前からよくかけられていたので、笑顔で受け流すに限ると心得ていた。

「あ、思ってたより上だったね」

「童顔ってわけじゃないけど、お肌ぴかぴかだからかな」

「うーん、これは無理もないか」

「そうね」

「来た甲斐あったわ」

「いろいろね」

よくわからない話になってきたので、視線を感じつつも紗也は手もとに意識を集中させた。

「いいなぁ、ここ。逸樹さんの店じゃなかったら、隠れ家的に使えたのにね」

「連日ファンが押しかけてる感じ？」

「そうですね」

問いかけられたので頷き、心のなかでセフレも来るけど……と続けた。割合としては少ないが、毎日誰か一人は来ているのだ。視線や雰囲気でわかってしまうのがどうかとは思うのだが。

「もう少し近かったら通いつめるのになぁ」

「遠くからお越しくださったんですか？」

「ものすごく遠いわけじゃないんだけど、地元でも出没エリアでもないのよね」

自分たちを野生動物かなにかのように喩《たと》えて、色っぽい美女は艶やかに笑った。おそらく客のほとんどがそうだろう。逆に地元の人は滅多に来ない。もともと住人は少ないし、近所に勤めている人たちも店を覗きこむ程度で入ってこない。常に混んでいるので、時間がない人は入れないようだ。

「逸樹さんは、お店に出ないの？」

「さっきまでいたんですけどね。オープン以来、毎日顔を出してくださいますよ。たぶん最初のうちだけだとは思いますが」

「あら残念。三ヵ月ぶりに顔見てやろうと思ったのに」

「……お知りあいなんですか？」

笑みを浮かべて尋ねると、彼女たちは悪戯っぽく笑った。印象は違うのに笑い顔は同じで、やはりこれは姉妹か従姉妹か、とにかく身内同士だろうと確信する。

するとと妖艶な美女が意味ありげに微笑んだ。

「彼女……になるのかな。あの人に言わせると、だけど」

「もう五年くらいの付きあいだよね」

「私は四年だけど」

「そうだっけ？」

「姉さんと買いものしてるときに、偶然会ったじゃない」

どうやら妖艶なほうが妹らしい。それはともかく、やはり姉妹だったかと紗也は遠い目をしそうになった。後から姉妹だと知ったわけではなく、最初から承知で関係を持ったことが、彼女たちの話からわかってしまう。

モラルがないにもほどがある。呆れを通り越し、ムカムカと気分が悪くなってきた。目の前の彼女たちではなく、節操のないあの男にだ。

「ああ、でもね、たぶんもう終わったから心配しないで」

「最初に言われてたんだよね。何ヵ月も連絡しなくなったら、終わったと思ってくれ……って。だから大丈夫よ」

なにがどう大丈夫なんだと喉まで出かかったが、聞いてはいけない気がして黙っていた。

「あの人、ちゃんと生きてるの？」

「……生きてますよ」

「だったらいいんだけど、いままで最低でも月イチで連絡くれた人が、もう三ヵ月でしょ。ちょっと心配で来てみたの」

「そうそう、電話は繋がらないし」

「あ……ああ、そうなんですか……」

では彼女たちは切られてしまったのだろうか。逸樹に限って姉妹と付きあうことに罪悪感を覚えたなんてことはないだろうから、考えられるのは飽きたという線だ。もちろんそんなことは口に出せないが。

「マンションにもいないみたいだけど……ここには来るのね」

「はい」

「ふぅん……ところで、やっぱりあなたが本命さん？」

「はい？」

きょとんとしてマニッシュな美女を見つめ返すと、興味深げな目を向けられた。隣の妹も同じ表情だった。

「違うの？」

「逸樹さんの好みの顔だよね。ど真ん中っていうか」

「顔だけじゃないわよ。雰囲気がストライクでしょ、これは」

「いや、なんか変な誤解を……」

「ん？　てっきり本命ができたから、連絡がなくなったんだと思ってたんだけど」

「ち、違いますって。ただの従業員です」

「そうなの？」

まったく信じていない顔で微笑まれ、紗也は早々に諦めてしまった。言えば言うだけ深みにはまりそうな気がしたからだ。それよりは本人を呼んで説明させたほうが早いだろう。彼女たちには会わせてもいいかなという気持ちになっていた。ほかのセフレ客とは、伝わってくる温度のようなものが違うせいかもしれない。

「少々お待ちいただけますか」

「えー、だめよう逃げちゃ」

「そうじゃなくて。いま、逸……ほしやま先生を呼んで」

「なに？　どうしたの、お客さん？」

奥のドアの隙間から逸樹が顔を出し、小声で問いかけてきた。一向に引きあげない紗也に焦れて様子を見に来たようだ。

ちょうどいい。このまま説明してもらおうと、小声で言葉を返した。

「そうです。ちょっと来てもらっていいですか。なんか誤解があるみたいなんで、ちゃんと解いてもらえると助かります」

「誤解？　というか、誰？」

「セフ……じゃなくて、彼女さんたちです。美人姉妹の」

「ああ……」

話はすぐに通じた。さすがに姉妹でというのはほかに存在しないらしい。ここで「どっちの？」なんて反応をされていたら、幻滅に拍車がかかるところだった。

特に嫌がるわけでも喜ぶわけでもなく、逸樹はふらりと店へ出てきた。

「久しぶり」

にっこりと隙のない笑みを浮かべる様子に、紗也は思わず目を止める。意外に思うと同時に、どこか歓喜している自分がいた。

「ふぅん、元気そうじゃない」

「おかげさまで。相変わらず仲がいいね」

「まぁ、同じ男と寝てケンカしない程度にはね」

「どうしたの、今日は。あ、もう片づけちゃっていいよ。この人たち、お客さん扱いしなくていいからね」

　オーナーに店じまいしろと言われたので、紗也はカウンター内を出て窓にシェードを下ろす。和紙で作られたそれは、店内の雰囲気にあわせた特注のものだ。とりあえずテーブルの上のものを補充し、メニューの破損等をチェックし、椅子だけ上げておく。床の掃除は洸太郎がやってくれることになっているし、客ではないとはいえコーヒーを飲んでいる人がいるのに埃《ほこり》は立てられない。

「そう警戒しないでよ。別に文句言いに来たわけじゃないのよ」

「最初の約束は忘れてないから、安心して。それにしつこくまとわりつくほど、あたしたち逸樹さんに執着してるわけじゃないし」

「うん、それは知ってる」

「じゃあなんで……ああ、彼になにかするんじゃないかって心配？」

「えー、あたしたちの性格はわかってるはずだよねぇ？」

　挑発的な響きを含みつつも尖っていない声に、彼女たちのプライドの高さが表れていた。こういう女性は個人的には好ましいと紗也は思っているが、生憎といままで縁はなかった。紗也に告白してくれた女性たちは、もっと感情的で恋がすべてというタイプだったのだ。

「まさか。ただ、なにか言うかなーとは思ってる。好きでしょ、ああいう子いじるの」

「まぁねぇ」

背中がぞくぞくして振り返ると、三人が紗也を見てそれぞれに笑みを浮かべていた。いまのは自分のことかと気付いて冷や汗が出そうになった。

品定めをされているような気分だ。おそらく間違いではないだろう。彼女たちは紗也を観察しているのだ。

「君たちにいじめられたら、相当やられちゃうだろうね」

「楽しそうね。止めようとは思わないの？」

「後で慰めるからかまわないよ」

「やだぁ、なにそれ。実はSだったとか言わないでよ？」

「うーん、Sっていうかね、ありがちな気持ちなんだよ。好きな子をいじめたい……っていうね」

「子供じゃないんだから」

いつの間にか彼らの意識は紗也から逸れ、話に花を咲かせていた。これ幸いと固まっていた状態から復活した紗也は、時間潰しに紙ナプキンを折ることにした。これはなんの変哲もない真っ白いものだ。

そうこうしているあいだに、カウンターでの会話はどんどんおかしな方向へと走っていった。

「えー、まだ手も出してないの？」

「ずいぶん慎重ね」

「だって恋人はいくらでも替えがきくけど、家族となると簡単じゃないでしょ」

「え、なに……それって結婚、は無理だから養子縁組が前提ってこと？」

　ぎょっとして顔を上げると逸樹と目があった。途端に向けられた笑みは、たじろぐほどに甘いものだった。

　ものすごいことを聞いた気がする。相変わらず冗談なのか本気なのか不明のテンションだが、養子までいくと逆に嘘くさく感じた。男女で言えば、恋人として付きあう前に、結婚を前提とされているようなものだ。

「最終的にはね」

「なぁにその顔」

「やっぱり本命なんだ？」

「うん。だから僕の番号は消しておいてね。こっちも消すから」

　にっこり笑って逸樹は言い放つ。

　仮にも「彼女」などと言っておきながら、この言いぐさはどうかと思った。誠意がまったく感じられない。

　だが彼女たちはさして気にした様子もなかった。

「別にいいけど」

「なんだったら、いまここで消そうか」

彼女たちはそれぞれバッグから携帯電話やスマートフォンを取りだし、ためらいもなく操作を始めた。ネイルを施したきれいな指先を、紗也は盗むようにしてじっと見つめた。

あえて逸樹に見えるようにして、彼女たちは登録してあった番号を消す。どうやらアドレスは教えていなかったらしく、作業はそれだけだった。逸樹曰く、メールはいつでも受信できてメッセージが残るので嫌いなのだそうだ。電話ならば、出たくないときは出なければいい、ということらしい。留守番電話にはしない主義だと言っていた。

どうだと言わんばかりの彼女たちに、よくできましたと言いたげな微笑みを浮かべる逸樹。

やはりよくわからない関係だ。紗也と彼らとでは、恋愛やセックスに対しての感覚や意識がまったく違うのだろう。

黙々とナプキンを折っていると、ふたたび視線を感じた。

「ねぇ、もしかしてまったく伝わってないんじゃないの？」

「実はそうなんだ。ちゃんと好きだって言ってるのに信じてくれなくて」

「人徳ってやつね。ツケがまわってきたんだわ、いい気味」

「そうそう日頃の行いが悪いからだよ」

彼女たちはからからと、さも愉快そうに笑った。

元とはいえセフレだった女性を相手に、一体なにを話しているのかと呆れた。こんなだから信じられないのだ。

「そうだ、お店のカードはある？　電話番号が書いてあるような」

「ああ、ちょっと待って」

「また来るわ。もう少し落ち着いた頃にでも。あ、貸し切りって可能？」

「できないことはない……よね？　紗也」

顔を上げて頷くと、そのまま逸樹は彼女たちに向かって大きく頷いた。

「食事って……ああ、うーんパンケーキとワッフルか」

「ご相談していただければ、メニューにないものでも対応します。人数っていうか、規模にもよりますけど」

「ありがとう。そのときはお願いするわ」

それを合図に彼女たちは席を立ち、カウンターの伝票は逸樹がぽいとゴミ箱に捨てた。

「手切れ金ね」

「安っ」

思わず突っこんでしまった後、紗也は慌てて口を押さえた。合計で千円ちょっとの手切れ金はないだろうと思った。

彼女たちはくすくすと笑っていた。

「何ヵ月かしたらまた様子を見に来るわ」

「そのときに進展がなかったら、思いっきり笑ってあげる」

「大丈夫、大丈夫」

「わたしたちみたいに割りきった相手ばかりじゃないだろうから、これから大変ね」

激励なのか皮肉なのかわからないことを言い残し、彼女たちはにこやかに帰っていった。

カップを洗った後、店に小さい明かりだけを残し、逸樹と二階へ上がった。いつもと同じ時間に切りあげたというのに、初日並に疲れてしまった。

ソファにどさりと身を投げだすと、当たり前のように逸樹が隣に座り、猫にでもするように髪を撫でてきた。

「……なぁ、あの人たちってさ、もしかしてあんたの『彼女』たちのなかでも、よく会ってたほうだったりする？」

「うん。ワン、ツー……かなぁ。性格的にね、すごく楽だったから」

「それはわかる気がする」

やはりという思いに紗也は溜め息をついた。彼女たちの位置付けが逸樹のなかで上位なのは納得だが、そもそも関係自体が理解できないし、あまり深く追及したら精神衛生上よくないはずだ。終わったことだと割りきるしかない。

「いろいろ言ってやりたいことはあるんだけど、とりあえず忘れる。それよりちょっと聞きたいことがあるんだけど」

「どうぞ」

「トップのあの人たちと会ってないってことは……ほかの人は？」

「セックスのためには会ってないよ、誰とも」

「誰とも？」

「うん。携帯電話も電源落としてそのままにしてあるし。あ、信じられないなら、壊してくれてもいいよ」

長くてきれいな指先が、紗也の髪を楽しげにいじる。さらさらとした感触を楽しむように、あるいは指を絡《から》めて愛撫するように。

なるべく気にすまいと言い聞かせ、努めて冷静な声を出した。

「……解約すりゃいいだろ」

「それはそれで面倒なんだよね」

「で、無駄に持ち続けて電源落としてんの？」

「面倒だけど、必要もないからね。電源は落としたっていうより、電池切れしたのを放置してあるんだよ」

「だから、なんで？」

「したいって思うの、紗也だけなんだよ。だから、ほかはいらないと思って」

「う……」

熱っぽい目で見つめられ、つい逃げるようにして目を逸らした。らしくもなくドキドキして、視線が落ち着かなかった。

「三ヵ月前から誰とも寝てないんだよ」

「そ、そうか」

「こんなの、童貞卒業してから初めてだよ」

「……そりゃまたずいぶんと充実した人生で」

自然と声が低くなってしまった。プレイボーイは女の敵のようなことを言われているが、本当は男の敵ではないかと思った。よくもいままで恨まれずにやってこられたものだ。それとも逸樹が見せないだけで、修羅場をいくつもかいくぐってきたのだろうか。

さり気なく顔を見ようとしたら、逸樹が熱い視線を向けたままだったので、自然と目があってしまった。

髪を撫でていた手がすうっと首まで下りて、ぞくんと身体が震えた。くすぐったいわけではなく、明らかにそれはかすかな快感だった。

ただ撫でられただけでこんな反応をする自分が信じられなかった。

「充実はしてなかったと思うよ。だから、何人も恋人がいたわけだし。満足してたら、一人にしてたでしょ」

「あんたの口から言われると、なんか違和感っていうか……」

「僕のイメージって相当悪いんだね」

「いや、イメージっつーか……認識？　素を知って、言動を見た上での、感想っていうか」

「あ、地味にショック」

「素行不良すぎるからだろ。あの人たちじゃねぇけど、自業自得だ」

「だから反省して、誰とも寝てないんだよ。で、わかったことがあったんだ。好きな相手が目の前にいて、毎日顔見て話をして、ときどき抱きしめたりしてたほうが、ずっと毎日が充実するってこと」

ゆっくりと抱きよせられて、腕に閉じこめられる。いつもされる、じゃれつくような抱擁ではなく、愛おしげに包みこむような抱き方だった。

心臓が早鐘を打ってどうしようもない。これ以上なにか言われたら、きっともう取り返しがつかなくなる。なのにおかまいなしに、逸樹は囁いた。

「紗也が恋人になってくれたら、もっと満たされる」

「っ……」

囁いたついでとばかりに耳を噛まれ、あやうく変な声が出そうになった。いろいろな意味で危機感は募るばかりだが、気持ちに反して身体は動かなかった。

「愛してる……紗也」

ソファにゆっくりと押し倒され、真上から覗きこまれる。

（やばい……俺、落ちた……）

催眠術にでもかかったんじゃないかと思うほど、逸樹を拒むことができない。焦る一方で、このままどうにでもされたいという願望さえ自覚した。

認めたくはないが、逸樹のことが結構好きだったらしい。

もういいやと目を閉じたとき、階下から声がした。

「ただいまーっ」

はっと息を呑んだのは紗也だけで、逸樹は苦笑しながら大きな溜め息をついていた。慌てて飛び起きて必死に動揺を抑えこんでいると、洸太郎が階段を駆け上がってきた。

ちらりと時計を見たら、八時半だった。

「あ……メシ、作らなきゃ」

「いいよ。たまには家事休まなきゃね。なにか頼もう。洸太郎、デリバリーのチラシ適当に持ってきて」

「お、おう」

いきなりの指示にも即座に従うあたり、本当に彼はよく躾《しつ》けられている。基本的に兄には絶対服従らしいが、本人が楽しそうだからかまわないのだろう。

チラシを探す洸太郎を見ながら、紗也は徐々に冷静さを取り戻した。

（流されんなよ、俺。男同士だってこと思いだせ）

毎日口説かれてセクハラされているうちに感覚が麻痺していたが、紗也と逸樹の恋愛関係は一般的と言いがたい。踏みこむのはやはり躊躇するし、正直怖い。これまでの逸樹の行動と雰囲気を鑑みるに、確実に紗也はされるほうだろうし。

それに一緒に暮らす洸太郎だって嫌だろう。

(兄貴とダチがホモって……やだよな、普通)

思い留まる理由はもう一つある。かなり肝心なことだが、そもそも逸樹は本気なのだろうかという疑念が拭い去れないのだ。

好きという言葉も相手との関係も、逸樹にとっては軽いものだ。本当の恋、あるいは愛だなんて言い方をしていたが、それすら彼の思い違いかもしれない。

考えれば考えるほどわからなくなっていく。

紗也はソファから逃げるようにして立ちあがり、チラシが見つからないと騒ぐ洸太郎のもとへ歩いていった。

あの日来た彼女たちが予言した通り、その後も店には逸樹のセフレらしい女性が頻繁にやってきた。ほかの客の手前もあって、自らそう名乗りはしないが、雰囲気や交わす言葉の端々《はしばし》でわかってしまうものだ。

あれから逸樹との関係に変化はない。相変わらず毎日口説かれているし、抱きしめられたりキスを迫られたりというセクハラも受けている。だがそれだけだ。紗也はためらいを捨てられないし、逸樹も強く踏み込んではこない。小康状態なのだ。

(どういうつもりなんだか……)

あれ以上はするつもりがないということなのか、もっと単純な話で我に返って紗也などありえないと思ったのか、あるいは気が変わったか。いずれにしても逸樹の言動そのものは変わっておらず、モヤモヤとした気分は晴れないままだ。

はっきりさせたいという思いと、均衡を崩したくないという思いがないまぜになって、気を抜くと溜め息ばかりが出てしまう。

「すみませーん」

客に声をかけられ、はっと我に返る。ついさっき入ってきたばかりのグループは、まだオーダーをすませていなかった。

慌ててテーブルに向かい、ドリンクとワッフルの注文を受けた。カウンターに戻る際、空いたテーブルを軽く拭いた。

オープンから少したったせいか、あるいはここ最近逸樹が顔を出さないせいか、客足は落ち着いて空席も出るようになっている。むしろこれが普通の状態なのだろう。のんびりやりたいという紗也の希望は叶えられつつあった。

ワッフルにアイスクリームとチョコレートソース、スライスアーモンドで飾り付けしたものを二つ作り、テーブル席まで運んだ。

カウンターに戻るとき、ふと通りに面した窓越しにその青年が視界に入ったが、紗也はまったく気にも止めていなかった。通行人としての彼は、景色の一部でしかなかったからだ。

だが扉を開けて彼が入ってきた瞬間に、彼が何者かを理解した。

身長は紗也よりもいくらか高く、すらりとしていて服装はこ洒落ている。顔立ちも整っていて華やかで、金髪に近い髪もそこそこ似合っていた。ヘアスタイルにも服装にも妥協していないようで、頭のてっぺんから爪先までかなり気を使っているのがわかった。

一言で表すなら、紗也をチャラチャラさせたような青年という感じだ。どう見ても会社員ではない。もし彼が普通の会社員だとしたら、その会社はかなりリベラルだと言えるだろう。

青年は入店するなり紗也を見つけ、迷うことなくカウンターに座った。なぜか睨むようにして紗也を見つめたまま。

（これは……やっぱあれか。逸樹さんの元セフレ……うわーついに来たよ、男……）

抱えたモヤモヤ感は、いまはっきりと別のもの――ムカムカとしたものへと変わっていた。元彼女たちの訪問には慣れているが、目の前の彼はこれまでの訪問者とは少し違うような気がした。

とにかく目つきが違う。ケンカを売っているとしか思えない態度なのだ。

「コーヒー」

「かしこまりました」

吐き捨てるような言い方をされたが、丁寧な対応を心がけた。ほかの客もいるのだから、悪評が立つような態度を取るわけにはいかない。

もちろん気分はよくなかった。不躾な視線だけでも鬱陶しいのに、どう考えても好意的な態度ではない。初対面でこんな態度を取られるいわれはなかった。

ふんと鼻を鳴らし、店内を見まわす青年は、完全にこの店で浮いていた。ほかの客が探るように見るのも仕方ないだろう。

やがてコーヒーを出すと、それを一口飲んで男はせせら笑った。

「ふーん、この程度かぁ……」

わざわざ紗也に聞こえるように言い、青年は挑発的な目を紗也に向けた。ほかの客には聞こえない程度の声だった。

先日の彼女たちと違い、同じ挑発でもずいぶんと意味やニュアンスが違うものだ。青年にはどうやら悪意があるらしいので当然だろうが。

ちらっとメニューを見た後、青年はメニューに加えられたばかりのサンドイッチを追加オーダーした。もちろん作るあいだも、穴があきそうなほど紗也を見ていた。

いつの間にか店内は緊張感に包まれていた。青年が発する攻撃的な気配に客たちが気付き、固唾《かたず》を呑んで見守っているといった具合だ。あれは何者か、どうしてあんな態度なのか、といった戸惑いを強く感じる。

だが青年はそれらを無視して自分の世界に入っている。あるいは気付いていないだけかもしれない。

出したサンドイッチにも、青年は小声でケチを付けた。だったら食うなとひそかに思ったが、みるみるうちに完食した。

「君ってバイト？」

「……店長です」

「えー、なんか店長って感じしないよね。年いくつ？」

「二十五です」

「あ、同じだ。なんかもっと若く見えるよね。大学生みたいじゃん。だから、バイトっぽく感じるのかな。いままで、なにやってたの？」

「カフェでホールやってました。その前は会社員を」

「へぇ、サラリーマン？　スーツ着て、ビジネスバッグ持って？　なんか想像つかないなぁ。全然似合いそうもないよね」

「そうですか？」

笑顔が引きつりそうになるのを必死で保ち、グラスを拭く手つきが乱暴にならないように努めた。

ほかの客がいなかったら、感情的に声を尖らせていたことだろう。

それくらいに青年の言い方は癇に障った。なにが気に入らないのか、いままで来店した元彼女たちの誰よりもネチネチしているし、攻撃的だ。いや、元彼女たちはいずれも攻撃的などではなかった。逸樹に会えないことに不満そうな態度を取りはしても、紗也に嫌味だの文句だのは言わなかった。その点ではファンの客たちと同じだった。

同性だから遠慮がないのだろうか。あるいはこの青年の性格なのか。

（いい加減にしてくれねぇかな……）

遠い目をしかけたとき、青年はぼそりと呟いた。

「そんな顔して、強《したた》かだよね。やり手って言うか……さ」

「……はい？」

「どんな手を使ったわけ？　店まで任されるなんて、よっぽどイイ身体してるんだね」

「…………」

紗也はまじまじと青年を見つめた。唖然としてしまい、怒りすら湧いてこない。

（待て待て。なんだ、それ……え？　もしかして俺、セフレの一人とか思われてる……？）

ぶつけられた言葉の数々から考えて、その推測は間違っていないはずだ。そう言えばあの姉妹もなぜか紗也を最初から本命扱いだった。

逸樹がなにか言っているのだろうか。いや、連絡を取っていないというのだからそれはないはずだ。とにかく誤解は解かなくてはいけないだろう。

「あの、なにか勘違いされてるみたいですけど、俺は違いますよ。店長として引き抜かれて、そこで初めて逸樹……先生にお会いしたんです」

「ふーん……？」

まったく信じていないのが表情や声の調子から伝わってきて、つい溜め息をついてしまった。辟易《へきえき》しているのは遠くからでもわかるだろうが、幸いほかの客に会話は聞こえていないようだ。店内に流した曲のおかげだった。

「ここのオーナーは先生ですけど、開店の準備は別の人が任されてたんですよ。で、その人が俺に声をかけたんです」

逸樹に弟がいることを言っていいのか判断がつかなかったので、ここは曖昧にしておくことに決めた。

「でも、あの人とはそういう関係になったわけでしょ？」

「なってませんよ」

「信じられないなぁ。あの手の早い人が、君みたいなのを放っておくわけないじゃん」

「……セクハラはされますけど、寝たりはしてませんよ。先生だって、その辺は一応考えてるんじゃないですか。従業員なんだし」

「あの人のこと、なんとも思ってないの？」

青年の態度がやや軟化したのを感じつつ、紗也は慎重に言葉を選んだ。

「もともと先生の作品のファンでしたよ」

「そうなんだ」

答えになっていないことを言ったのに、青年はなぜかあっさりと納得してしまった。あまり鋭いタイプではなさそうだ。

少し黙っていた青年だったが、作業を続ける紗也の顔をじろじろと見つめ、それから店内を見まわした。

「一人でやってんの？」

「不定期でバイトが入りますけど、基本的には一人ですね」

「忙しくないの？」

「なんとかやってます。オープン当初は逸樹先生が毎日顔を出されていたので、かなり混雑しましたけど、最近はこんな感じなので」

「ふーん……。あのさ、そのバイト辞めさせて、僕を入れてみない？」

「……はぁ？」

つい素が出てしまったが、青年はあまり気にしていない様子だった。やはり鈍いのかもしれない。いまの声は明らかに尖っていたと思うし、「なに言ってんだこいつ」という気持ちが前面に押し出されていたはずなのに。

「僕の仕事ってなんだと思う？」

「さぁ」

知るかよ、と思いつつ、なんとか笑顔をキープする。ついでに「どうでもいい」と思ったが、態度には出さなかった。

「バーテンやってんの。接客も慣れてるし、見た目もクリアしてると思うんだよね。君よりレベル低いってこともないでしょ」

「はぁ。まぁ、そうですね。でも雇用に関しては管轄外なのでなんとも……」

「推薦してよ」

肘を突いてにこにこ笑われても対処に困る。どうしたものかと思案していると、青年は声を弾ませて続けた。

「あの人に直接頼もうかなぁ。僕のことも、すごく気に入ってくれてるしね」

混乱中の紗也に向けて、青年はまた挑発的な笑みを浮かべる。勝ち誇ったような顔をされる意味がわからなかった。

はっきりしているのは、紗也はいま大変気分が悪いということだけだった。

「ああ……はい、そうしてください」

「昨日、話せばよかったな」

「え？」

「電話もらったんだよ、昨日。それで……あー、うん。なんでもない」

聞きもしないことをまたべらべらしゃべるかと思いきや、急に我に返った様子で青年は口を噤《つぐ》んだ。そしてごまかすように、大仰に頷いた。

謎の行動だ。紗也はじっと青年を見つめた。頭のなかでは、早く帰ってくれないかなと、呪文のように「帰れ」を繰りかえしながら。

「とにかく君に忠告しておくよ。あの人は誰にも本気にならない人だから。君がもし真剣にあの人のことを想っても、無駄だってことを教えておいてあげる。可哀想だけどね、好きになったり執着したりしちゃだめなんだ」

そういうおまえはどうなんだよ、と紗也は心のなかで突っこんだ。こんなところにわざわざ来て、ネチネチと嫌がらせとしか思えないことを言い続けるのは、客観的に見てかなり激しく執着しているように思えるのだが。

結局のところ、青年はまだ紗也のことをセフレの一人だと思っているわけだ。

「そうですか」

「わかってんの？」

「一応」

「ふーん。ま、どうでもいいけどね。じゃあそろそろ帰ろうかな。今度来るときは、君の同僚かもね。あ、君が残っていれば、だけど」

最後まで勝手な思いこみで失礼なことを言い続け、青年は店を出ていった。その姿が見えなくなった途端に、店内に安堵の気配が満ちた。会話が聞こえていなくとも、やはり相当空気を悪くしていたらしい。

紗也はにっこりと笑顔を作り、店の奥まで届くように声を張った。

「お気を使わせて申しわけありませんでした。ただいまチョコレートを皆様にお持ちしますね」

店内にいる客は十五人。つい二日前に逸樹がもらった高級なベルギーチョコレートの数は二十。充分にいきわたる。洸太郎が知ったら項垂《うなだ》れるかもしれないが、知ったことではなかった。なかば自棄《やけ》だ。

大皿に乗せたトリュフを手に各テーブルをまわり、紗也は惜しみなく笑顔をばらまいていく。もしかするとこの行為さえ現実逃避かもしれないと、頭の片隅でふと思った。

夕方になって店に入った洸太郎が床掃除をしているのを横目に見ながら、紗也は黙々と売り上げの計算をしていた。

今日はラストオーダーの時間前に客がいなくなったので、ずいぶんと早く店を閉めた。チョコレートを配った後、和んだ客の何人かがポストカードを買っていったので、その分の売り上げもあった。

ちなみにチョコレートが五つにまで減ったことを洸太郎はまだ知らない。

「今日のメシってなに？」

「パスタでいいか？」

「うん。ナポリタン希望」

「おまえって和食以外だと、そっち方面にいくよな。ファミレスっていうか洋食屋メニューか。まぁ、わりとお子様舌ってことだよな」

ハンバーグだのカレーライスだのオムライスだの、とにかく子供が好きそうなものは大好きらしい。甘い玉子焼きをリクエストされたときは笑ってしまったものだ。

「わりとみんなそうじゃね？　逸樹だって、ナポリタン好きだぞ」

「まぁ、そうだよな。あ、今日はいらねえって言ってたっけ」

どうやら久しぶりに出かける用事があるらしく、昨日から言われていたのだった。

洸太郎は拭き終えた床にワックスをかけ始めている。定休日前の、恒例の作業だ。

「後よろしく」

食事の支度をするために、いつもより早い時間に上へ行く。だが階段の途中で、聞こえてきた声に思わず足を止めた。

逸樹が誰かと話していた。大きな声ではないし、声をひそめているふうでもない。彼は仕事以外でまず電話を使わないから、当然そうだろうと思いながらも、なぜか紗也の足は動かなかった。

「んー、明後日ならいいよ。午後から大丈夫なら、二時くらいにしようか。場所は君のうちでいい？

うん、マンションはちょっと無理なんだ」

甘さは含まれていないが、優しい声だった。仕事のときはもっと淡々としているのを紗也は知っている。

話はそれだけで終わった。リビングにいたらしい逸樹がどこかへ歩いていくのが聞こえる。

紗也は大きく深呼吸をして、乱れた感情を落ち着かせる。

(いまさら、だろ)

不誠実な男であることなど最初からわかっていたはずだ。本人にそのつもりはなくても、薄い愛情を満遍なくばらまくのは、恋愛面ではけっして誠実と言えないだろう。

紗也に向けられた熱と言葉が、誰にでも向けられるものだとしたら――。

否定はできない。口説き落とすまでは、あんなふうに言うのかもしれない。平気で嘘をついて、自分だけ特別なのだと相手に思わせて。

現に逸樹は誰かの家を訪ねる約束をしているし、昼間来た青年も昨日電話をもらったと言っていた。

そういえば今日も出かけると言っていたが、誰かと会うつもりなのだろうか。

「はぁ……」

いったんしゃがんで息を吐きだし、心のなかで気合を入れて立ちあがる。

ゆっくりと階段を上がっていき、まっすぐに自室へと向かう。一続きのキッチンダイニングの横を通り抜けるときに、冷蔵庫から水を出している逸樹をちらりと見やった。

逸樹の手には、しばらく見ることがなかった携帯電話があった。電源を落としてしまってあったという、セフレとの連絡用の電話だ。遠目でもわかる鮮やかなターコイズブルーは見間違えようもなかった。普段使いのほうは黒いスマートフォンなのだ。

「早めに上がったから。いま洸太郎がワックスかけてる」

声をかけたときにはキッチン脇を通り抜けていたから、顔を見られることはなかった。

「お疲れさま。あれ、部屋に行くの？」

「汚れてもいい服に着替えんの。洸太郎がナポリタンとか言いだしてさ。トマト系って飛ぶと取れないじゃん」

少しだけ振り返ってなるべく声を明るくし、故意にゆっくり部屋に入った。ドアを閉めて一人になると、自然と息がこぼれた。溜め息なのか安堵の息なのか、紗也にもよくわからなかった。

「やっぱ嘘かよ……」

逸樹の語る愛を信じてはいけない。嘘ではないかもしれないが、軽くて薄っぺらで、大きな意味を持たないものなのだ。

昼間の男の言葉に、あらためて納得してしまう。

のろのろと身体を動かし、とにかく着替えることにした。あまり長く部屋に居座っていると、逸樹が様子を見に来てしまうかもしれない。

汚れてもかまわないカットソーを着て、部屋から出ようとすると、洸太郎が階段を駆け上がってくる音がした。彼は急ぎの用がなくても常に階段を駆け上がる癖があるのだ。

「あ、ほんとに出かけるんだ」

「ちょっとね」

「マジでセフレに会うのかよ。そんなのどーでもいいだろ」

「えー、よくはないでしょ」

苦笑まじりの返答に、紗也は顔が強ばるのがわかった。廊下に近いところで話しているらしく、声は嫌と言うほどよく聞こえた。

「さっさと紗也落とせよ。よそ行っちゃったら、どーすんだよ。客にもすげー人気なんだぞ。オレずっと紗也にメシ作ってもらったり、起こしてもらったりしたいんだからさ」

「わかってるよ。とにかく行って来るから」

言葉通り、すぐに逸樹が出ていく音がした。静かに紗也はドアを閉め、ポケットに入れっぱなしだった携帯電話をいじり始めた。なにをしているわけでもなく、もし洸太郎がやってきた場合に備えての言い訳だった。すぐにキッチンへ行かない理由が欲しかった。

（結局、客寄せの従業員と家政婦、ってわけか。まぁ、よく考えたら話が美味すぎたよな）

意味もなく笑えてきて、紗也はかぶりを振った。どうにも思考がネガティブでいけない。考えれば考えるほど深みにはまってしまいそうだ。

いつまでも部屋に閉じこもってはいられないし、洸太郎と顔をつきあわせて話すには、まだ不安定さが消えない。だったら少し時間を稼ごうと、コートを着こみ、財布と携帯電話を手に部屋を出た。

「ちょっと買いもの行ってくる。ピーマンなかった」

「えー、いいよピーマンなんか」

「グリーンピースかピーマン、どっちか入ってないと嫌なんだよ。ピーマンのほうがマシなんだろ？」

「そうだけどー……あ、オレが行くよ。そのほうが効率的じゃん」

「いいって。今日、一度も外出てねぇから行きたいんだよ。あとなんか適当に買ってくる。手抜きで悪いな」

言い置いて、紗也は振り返らずに外へ出た。駅近くまで行けば小規模ながら生鮮食品を扱っている店があるから、往復するあいだに気持ちを落ち着かせようと思った。

妙に風が冷たく感じる。急に自分が一人だということを実感させられたような気分だ。

(家族とか言ってたのはなんだったんだよ。養子縁組とかさ。意味わかんねぇ)

てっきり恋人として望まれているのだと思っていたが、もしかして単に身内になって欲しかったのだろうか。セクハラをしつつも、際どい触り方をしなかったのは、本気で抱きたいと思っていないからではないだろうか。

逸樹の真意がわからない。恋人として望まれているのは信じられないけれども、身内にしたがっているというのは本当のような気もする。それとも気が向いたらセックスの出来る従業員兼家政婦が欲しいのだろうか。

頭のなかがごちゃごちゃで、うまく整理ができない。思っていたより冷静ではなかったらしいと、紗也はかすかに自嘲した。

駅が近くなると雑多な音が大きくなり、人もずいぶんと増えた。駅の周辺は飲食店などが集まっていて、この時間でもかなりにぎやかだ。

目的の店に入ってピーマンと総菜を買い、外へ出た。

そこで視界に飛びこんできた光景に、思わず舌打ちをしそうになった。

(最悪……)

紗也よりずっと早く出かけたはずの逸樹は、まだ駅前でうろうろしていたらしい。しかも傍らには見覚えのある顔があり、やたらと熱っぽい目で逸樹を見あげていた。

最後まで名乗りもしなかったあの青年だ。もっとも紗也も名を教えていないのでどうでもいいが。

(まーだこんなとこにいやがったのか。あれから何時間たってると思ってんだよ)

青年が店を出たとき外はまだ明るかった。最近の日没時間を考えると、実に五時間近くこのあたりにいたことになる。あるいは一度どこかへ行って、戻ってきたのだろうかとも思ったが、ならば戻る理由が必要になってくる。

嬉しそうに逸樹を見つめる顔を見て、すとんと腑に落ちた。

(待ってたのか……そうだよな、逸樹さん目当てで来たわけだし。あ……っていうか待ちあわせしてたのか)

逸樹は青年を振りほどくわけでもなく歩いているし、昨日電話をしたのも今日の約束のためだったのだろう。きっと青年は待ちきれなくて店まで来て、このあたりで何時間も時間を潰していたのかもしれない。

意外と健気《けなげ》だ。逸樹を見つめる顔にも、好きで好きで仕方ないと書いてある。彼はよくも悪くも正直で、好意も悪意も隠すことが出来ない人間に違いない。

やがて二人は紗也の視界から消えた。これから彼らがどこへ行ってなにをするかなんて考えたくもなかった。

そこからの記憶はひどく曖昧だが、まっすぐに帰って夕食を作って食べたのは間違いない。思い返せば確かにそんな覚えがあり、無意識にすべて行っていたらしいとわかる。まるで映像を見ているように実感はなかったが。

「はい、コーヒー」

湯気の立つマグカップを差しだされ、ようやく紗也は我に返った。

「……ども」

「なんかすっげーぼんやりしてっけど、大丈夫？」

「ぼんやりしてたか？」

「してたなんてもんじゃないよ。買いものから帰ってこっち、生返事しかしなかったじゃん。手ぇ切ったり火傷《やけど》したりすんじゃないかってハラハラしたよ。俺がやろうかって言っても無視するし」

「あー……悪い。マジで聞いてなかった」

言われて初めて、そんなことがあったかもしれないと思う程度だった。果たして味に問題はなかったのかが気になる。

「味、ヤバかった？」

「美味かったよ。けどなんか作ってるときも食ってるときも機械的って感じで、ちょっと怖かった」

「それは……うん、悪かった。ちょっと考えごとしててさ」

苦笑を浮かべると、洸太郎は心配そうな顔で足下に座った。手には色違いのマグカップがある。

「……なぁ、今日なにかあった？」

「なんで？」

「元気ないじゃん。そういえば店にいるときから、いつもと違った気がする」

「あー……うん、疲れる客が来ちゃってさ。考えごとは、また別のことなんだけどな」

本当は切り離せないことなのだが、ごまかすためにそう言っておいた。部分的にでも本当のことを言えば信憑性《しんぴょうせい》も高くなるし、洸太郎も納得してくれるだろう。

「疲れる客って、テンション高いとか？」

「いや、テンションは普通。コーヒーとかサンドイッチにケチ付けられたけど」

「は？　なにそれ、クレーマー的な？」

「とは違う。完食したし、ちゃんと金払ったし。言いたかっただけじゃねぇの？　まずいとは言わなかったしな。こんなもんかーとか安っぽいとか言ったくらいで」

「なんなの、その女」

「男だよ」

言った途端に、洸太郎はぴしりと固まった。それからみるみるうちに険しい表情になった。彼がどういった結論に達したのかは確かめるまでもなくわかった。

「そいつ、逸樹のセフレだろ」

「正解。元彼女は何人も来たけど、男は初だよな。正直びっくりした。女のほうがずっとサバサバしてたもんな。俺さ、あんなネチネチしたやつ、女でも遭遇したことなかったわ」

「逸樹のヤロー、ちゃんと始末つけろよ」

「基本放置なんだろ。ま、それはもういいよ。今度来たら、適当に流すし。疲れたから今日は早めに寝るわ。風呂、先に入るから」

「あ、うん」

ひらひらと手を振って紗也は背中を向けた。見えなくなった途端にしかめっ面になってしまうのは仕方ないだろう。

もの言いたげな顔の洸太郎は、紗也の背中をじっと見つめていたが、気を使ったのかなにも言ってくることはなかった。

眠れない夜は久しぶりだ。

軽い不眠症になったことは過去に二度ほどある。いずれも上司からのハラスメントでストレスを抱えていたときだった。

もっとも早めにベッドに入ったので、三時間たってもまだ午前一時前という状況なのだが。

「やべ……これ完徹パターンか……？」

あるいはもう少しマシなところで明るくなる頃にうとうとする、という感じだろうか。明日が定休日でよかったと心底思った。

眠れない原因ははっきりしていた。いつもなら同じ屋根の下にいるはずの男のせいだ。

甘い言葉を吹きこんで、人肌の温かさを思いださせて、紗也をすっかりその気にさせておきながら、落ちてしまってもいいかと思った矢先に飛んでいってしまった。

あの男は花から花へと飛びまわる蝶のようなものかもしれない。ひらひらと優雅に舞い、甘い蜜だけ吸って留まることをしない。

きっといまも、数ある花の一つから蜜を吸っているのだろう。それを思うと、どうしようもなく苦しくなる。

とんでもない男に捕まってしまったものだ。せめてもの救いは、紗也が気持ちを伝えていないことと、身体の関係を持っていないことだ。

逸樹の「好き」や「愛」はとても軽いから、紗也のそれは重すぎて釣りあいが取れない。

このままそばにいたら、紗也はつらい思いをするだけだろう。

(近くにいたら、いままで通り口説いてきそうだしな……)

好きだと自覚した相手から、本気じゃない愛を囁かれても苦しいだけだ。逸樹なりに本気だと言うだろうが、愛が一つじゃない時点で紗也には受け入れられない。たとえ紗也がそれでもいいと関係を発展させたとしても、想いの比重があまりに違えば破綻《はたん》は目に見えている。

いずれ店は辞めることにしよう。いますぐは無理だが、数ヵ月後ならば可能なはずだ。そのためには新しい人を入れてもらい、仕事を覚えてもらわなければ。すぐに辞めると言ったら勘ぐられそうだから、少し時間を置いてから適当な理由をでっち上げればいい。

(タイミング的に、あいつかもな……)

逸樹の隣で笑っていた男の顔を思い出す。

本人はやる気だったし、すでにそのあたりを逸樹に訴えているかもしれない。洸太郎とうまくやれるかは疑問だが、必ずしも同居する必要はないのだし、大人なのだから折りあいを付けることはできるだろう。紗也自身もあの青年と一緒に働くのは気が進まないが、もし本当に後釜として来たならば腹をくくるしかない。そうして何ヵ月かしたら、どこか違う場所で働こう。その前にこの家も出なくては。

(あー……ヤベ……泣きそ)

紗也自身もよくわからないうちに涙があふれてきてしまった。こんなことで……と思っても、なかなか止まってくれない。

自覚していた以上に精神的に来ていたらしい。

(信じられねぇ、なんだよこれ。女々しいにもほどがあんだろ。ふざけんな、なんで泣かなきゃいけねぇんだよ)

さんざん自分を罵《ののし》ったところで涙は止まらない。泣いたこと自体があまりなかったから、止め方自体もわからなかった。

声も出さずに泣き続けていると、小さなノックの音が聞こえてきた。眠っていたなら気付かないほどの小さな音だ。

ノックを無視し、念のためにドアに背中を向けて目を閉じる。

静かにドアレバーが動く音がした。

眠っているのを見て諦めてくれればいいと願ったのに、訪問者は部屋に入ってくるとドアを閉め、ベッドに近づいてきた。

さらりと髪を撫でられた。見えなくても逸樹だとわかった。

もっと遅くなるか泊まってくるかだと思っていたが、意外と早い帰宅だ。

冷たい手が額に触れ、離れていく。その際に首に触れていったせいで、無視できないほど身体が震えてしまった。

「起きてるみたいだね」

くすりと笑われ、紗也は早々に観念した。このまま狸寝入りを続けるのは、さすがに子供っぽくて恥ずかしい。

「おかえり」

小さく言って、涙声にならなかったことにほっとした。このまま暗がりでやり過ごし、逸樹には早々に引き上げてもらうしかない。

「具合が悪そうだって聞いたけど、大丈夫？」

心配そうな甘い声に、胸が苦しくなる。誰にでもそうなのだと承知していても、いやだからこそ、つらく感じた。

「別にどこも悪くねぇよ」

「ならいいけど」

ベッドに腰かけた逸樹は、紗也が仰向けになった途端にまた髪を撫でてきた。まるで子供を寝かしつけるような優しい手つきだ。

「悪かったね」

「なにが」

「今日、困ったお客が来たでしょ。洸太郎が言ってた疲れる客が、そうだと思うんだけど……なにか言われた？」

「……なんの話？」

覚悟もないまま話を持ち出されて動揺した。言葉を返すまでに不自然な間が出来てしまった上、声も固くなってしまった。

不審を抱かれるのは当然だった。

「明かり付けるよ」

「ちょっ……」

制止も聞かず、逸樹はリモコンを操作して照明を付けてしまう。とっさに腕で目もとを覆うが、意外なほど強い力で引きはがされた。抵抗はしたのだが、思っていたよりずっと力の差は大きかったようだ。

視線がぶつかると、逸樹はふっと笑って目を細めた。

「泣き顔も可愛いね」

「見んな！　そこは見て見ぬ振りすんのが大人だろ！」

「好きな子が泣いてるのに、見ないふりするってのはないでしょ。大人か子供かなんて関係ないよ」

この期《ご》に及んで逸樹は簡単に好きだと口にする。それが本気になった相手にどれほど痛みを与えるのか知りもしないで。

紗也は苦しげに顔を歪ませ、ぷいと横を向いた。悔しくて情けなくて、別の意味でまた泣けてきそうだ。

なのに逸樹はこの上もなく機嫌がよかった。

「ほんと、可愛いなぁ」

「出てけよ」

「ああ、ほら。また涙出てきた」

指先で涙を掬《すく》いとった逸樹は、あろうことがそれを舐め、満足そうに目を細めた。

貴公子と呼ばれる優雅さはなりを潜め、猛獣の気配が漂う。紗也が初めて見る、オスの顔をした逸樹だった。

「ねぇ、紗也。君が泣くのは、僕のことが好きだから、だよね？」

「違っ……」

「駅前で、僕たちのこと見てたでしょ。ショックだった？」

ひゅっと息を呑み、紗也は大きく目を瞠《みは》った。気付かれていたなんて思わなかった。逸樹は一度もこちらを見なかったはずなのに。

どうして、という思いが胸の内に渦巻く。身体が震えないようにするのでせいいっぱいだった。

「あの子は思いこみが激しい上に、言いたいこと言っちゃうから、当たりがきつかったでしょ」

「……別に」

目を閉じ、逸樹を見ないようにしてから、紗也は素っ気なく言った。衝撃が大きくて、虚勢を張る気も起きなかった。

長い指が、さらりと紗也の髪を梳《す》いた。

「もう来ないから、安心して」

「は？　なん……で？」

思わずまた目を開けて、逸樹をまじまじと見つめる。

「紗也が嫌かなと思って」

甘い顔で微笑み、彼はさも当然だと言わんばかりに言ったが、紗也のなかの疑問は増える一方だ。

逸樹の考えがまったく読めなかった。

「え、だって……」

「あの子が一番の困ったちゃんだから、あとは楽だと思うよ。あ、ちゃんとフォローもしておいたから、大丈夫。自尊心をくすぐっておけば、乗せられて引っこみがつかなくなるからね」

「な……なんの、話？」

混乱を抱えたまま、掠れた声で問いかける。逸樹のペースで話されても、紗也にはまったくついて行けないのだ。

そこでようやく、逸樹はにっこりと笑って言った。

「例の携帯の登録をゼロにしてから解約するって話。もう半分以上は消えたんだよ。だいたいは電話ですむんだけど、なかには直接会ってじゃないと納得しないって子もいてね。もうちょっと時間かかりそうだな」

「……は？」

ぽかんと口を開ける紗也を、逸樹は実に楽しげに見つめている。まるで悪戯が成功した子供のような顔だ。

「今日の子の番号も消したよ」

「や……約束……」

「ん？」

「約束してたんだよな？　今日、それで待ちあわせて……」

「そう。別れ話のためにね。納得させるのに三時間以上かかるとは思わなかったけど」

「わ、別れ、話……」

たどたどしい言葉になっているのは、混乱して頭がうまくまわらないせいだ。予想を覆すことを次々と言われ、いまだに処理が追いつかない。

すでに逸樹の独擅場《どくせんじょう》だった。

「恋人……じゃなくてセフレ全部と別れることにしたから」

「え、え……？」

「本当は駅前で紗也に気付いたとき、駆けよって抱きしめたかったんだけどね。そんなことしたら台なしだから我慢したんだよ。紗也のことは、弟の友人だから丁重に扱うし、ある意味特別扱いする、って言っておいたから。もう一人の弟みたいに思ってる……みたいな感じでね」

そうすることで、紗也を安全圏へと置いたらしい。理不尽な嫉妬で紗也が傷つけられたりしないように、逸樹なりに配慮したというわけだった。

戸惑いが強くて言葉が出てこない。涙はとっくに引っこんでいた。

あの青年は自分にだけ連絡をくれたと思っていたらしく、かなり優越感に浸っていたそうだ。それでも約束したことは誰にも言うなと釘を刺しておいたので、逸樹と会うことは紗也にも言わなかったらしい。

「本当は身ぎれいになってから、紗也の恋人になろうって思ってたんだけど、予定を変更することにしたよ。同時進行にする」

「え？」

「暢気《のんき》に時間かけてたら逃げられそうだからね」

徐々に逸樹の顔が近くなり、すぐに息がかかるほどの距離になった。これまでにない距離感についい目が泳いでしまう。いい歳をした男が初心《うぶ》な少女のように戸惑い、恥ずかしさに逃げだしたくなっているなんて、逸樹には知られたくなかった。間違いなく気付いているだろうが。

「紗也が好きだよ。愛してる」

「う……」

「一つ、教えてあげるね。僕は確かに好きって言葉を安売りしてたけど、愛してる……は、いままで誰にも言ったことがなかったんだよ」

きれいな笑顔でそんなことを言われたら、嘘だなんてとても言えない。もし仮に嘘だったとしても、信じるしかないような気がする。

「ゆっくりでいいから、信じて」

「……うん」

乾いた土に水が染みこむようにして、じんわりと言葉が胸の奥まで届く。それは甘くて柔らかで温かいのに、ひどく胸をかき乱した。

好きだ、愛しいと、紗也のなかで気持ちがあふれ出す。

「それから、家族になろう。紗也と僕と、洸太郎の三人で。恋人の時間をうんと楽しんでから……だけどね」

小さく頷いて、紗也は逸樹を見つめた。

この気持ちを吐きだしてしまわなければ、身動きが取れないような気がした。

「逸樹さん」

「なに？」

紗也は逸樹の首に腕をまわし、さらに身体を引きよせてその耳もとに唇を寄せる。

「いまさら、だけど……俺も好きだから」

「知ってる」

そんなことを言いながらも逸樹は嬉しそうだった。

自然と唇が重なり、深くなるキスに理性ごと絡めとられる。逸樹とのキスは官能的で気持ちがよくて、それまでしてきたキスがおままごとレベルだということを、否応なしに思い知らされた。

くらくらして、考える力さえも奪われていくようだった。

キスに夢中になっているうちに、着ていたものはきれいに取り払われていたし、逸樹も裸体を晒していた。

初めて見る逸樹の身体は思っていたよりもさらに引き締まっていて、細身ながらもしっかりとしたものだった。紗也だって貧相だとは思っていないが、比べものにならなかった。

重なる肌に、どうしようもなく胸が高鳴る。いまから抱かれるのだという実感が、身体の奥をざわざわと騒がせた。

男の身で、という抵抗感は少なからずあるけれども、それよりも逸樹を感じたいという気持ちのほうが強い。

静かに目を閉じると、首に唇が落とされた。

薄い皮膚を強く吸いあげられ、ぴくりと肌が震えた。

指先は胸を撫でてから小さな粒を捉え、やわやわと揉んで尖らせていく。そんなふうに触られるのは初めてで、なんとも言えない気恥ずかしさがあった。

最初はくすぐったい程度だったのに、いじられていくうちに少しずつ紗也の官能は呼び覚まされ、身体が熱くなっていく。

「っぁ……」

指の腹できゅっと摘まれ、小さく声が漏れた。

乱れ始めていた息は、それをきっかけにしてあからさまなよがり声に代わっていった。否応なしに、感じているのだと自覚させられる。

「可愛い」

くすりと笑い、逸樹は胸にしゃぶりついた。歯で挟まれ、舌先で転がされると、鼻にかかった甘い声が勝手に漏れて止まらなくなる。

口を使って胸を愛撫されながら、反対側のそれを指の腹でやわやわと揉まれた。ただそれだけなのに、指先まで快感に支配された。

逸樹はさんざん胸をいじったあと、焦らすようにしてゆっくりとあちこちを舐め、吸い上げては痕を残した。

そうしてそっと紗也の脚を開かせ、ためらうことなくそのあいだに顔を埋める。

「ひ、ぁんっ……」

頭のなかがチカチカするほどの快感だった。熱い口腔《こうこう》に包まれ、舌を絡めては吸い上げられ、身体が溶けていきそうになる。

最初の絶頂はすぐにやってきた。

薄い背をしならせて紗也はのけぞり、濡れた悲鳴を上げた。シーツに受け止められてからも、びくびくと内腿が震え続けて止まらなかった。

絶頂の余韻に浸って、ぼうっとしているうちに、身体を俯せにさせられていた。腰だけを高く上げる格好になり、気づいたときにはなにかが最奥に触れていた。

「やっ……ぁ、な……に……」

ぴちゃりと湿った音が聞こえ、同時にじんわりとした快感が身体に染みこんでいった。柔らかく温かなものが、恥ずかしいところに何度も触れ、頑なな場所をゆっくりと溶かしていくのがわかった。

気持ちがよくて、頭のなかまで蕩《とろ》けていってしまいそうだった。

やがて長い指が最奥を何度か撫でてから、ゆっくりと深く入ってきた。

「あっ、あ……」

深くまで入ってゆるゆると動くそれに、最初は異物感しか感じなかった。だが気が遠くなるほどの時間をかけられているうちに、別のなにかが奥底からせり上がってきた。

指の動きが激しくなっていくと、紗也は身を捩《よじ》ってシーツに爪を立てた。濡れた淫猥《いんわい》な音が耳を打ち、自然と腰が揺れていた。

ふたたびいかされる寸前で指が抜かれ、仰向けに戻される。そうして指の代わりに逸樹のものを押し当てられた。

「後ろからのほうがいいのかもしれないけど、顔を見たいから……ごめんね」

「ああ……っ」

ゆっくりと腰を押し進められて、無意識に身体がそれを拒んでいた。いやなわけではないのに、身が竦んだ。

逸樹は甘い顔で微笑んで、紗也の耳もとに顔を寄せた。

「大丈夫。力、抜いてて」

柔らかな声が、紗也の力を奪っていく。逸樹の声はまるで魔法のように、簡単に紗也をその気にさせ、従わせてしまう。

いくら慣らされたからといって、初めての身体だ。痛みがまったくないわけじゃないし、異物感もひどい。だがそれでもかまわなかった。

痛みさえも愛おしく感じる自分を不思議だとは思わない。自覚していた以上に囚われている自分を思い知っただけだ。

そのあとのことは朧気《おぼろげ》にしか覚えていなかった。

揺さぶられて、乱されて、みっともないほどに喘《あえ》いで身悶えて――。

「あぁぁっ……！」

何度目かの絶頂を迎えたときに、思いきり逸樹の背中に爪を立てた記憶だけは妙にはっきりとしていた。

心地いい眠りから覚めたとき、紗也は逸樹の腕のなかにいた。

しばらくぼうっとしていたが、意識がはっきりとしてくると、いろいろな異変——身体中に残る倦《けん》怠《たい》感やある場所に生じている疼き、関節や筋肉の痛みと喉の違和感などに気づいてしまった。同時に昨夜のことも思い出した。

その後は軽いパニック状態といってても過言ではなかった。逸樹が楽しげに追い打ちをかけたせいもある。

紗也が起きてからついさっきまで、時間にしたら三十分ほど、逸樹は紗也をさんざんからかって遊んでいたのだ。反応するからいけないのだとわかっていても、どうしようもなかった。

甘くて濃厚な空気に酔っていたときは平気だったが、熱が去った状態で昨夜のことを思い出すと、そこにあるのは強い羞恥心だけだった。

悶える紗也を見て満足したらしい逸樹は、甘ったるい笑みと歯の浮くような言葉を残し、つい先ほど出て行ったところだ。

(まだなんか入ってる気がする……)

快楽の余韻は昨夜の記憶に直結していた。特にじくじくとした疼きのようなものは、昨夜の行為を鮮明に思い出させる。

紗也は頭から布団をかぶり、のたうちまわりたい衝動に耐えた。

(あー……とうとう男とやっちゃったよ。っていうか、やられちゃったよ)

まさか男に抱かれて喘ぐ日が来ようとは。

昨夜の行為はいろいろと紗也の想像を超えていた。思いだすだけで顔から火を噴きそうな格好をさんざんさせられたし、ありえないところを指でいじられたり、舌で舐められたりした。恥ずかしさは覚悟していた以上だった。そしてセックスするときの逸樹は、とんでもなく執拗で愛撫も濃厚だと知った。優しい口調と表情のまま、楽しげに紗也を追いつめて泣かせて喜ぶ厄介な性癖もあった。なにより信じられなかったのは紗也自身の反応だ。初めて抱かれたというのに、やたらと感じて喘ぎまくり、最後は失神するという醜態をさらした。逸樹に言わせると媚態らしいが、そんなことはどうでもよかった。

（キスもセックスも……あんなに気持ちいいものだったんだな……）

初めて知ったことが多すぎて、頭のなかはいくぶん飽和状態だ。

他人と肌をあわせたことはあっても、理性をなくしたことなどなかった。溶けあって一つになるという感覚も初めてだった。

たった一晩で自分が作りかえられたような気分だ。

後悔は少しもしていないけれども。

「……起きよう」

いつまでも寝てはいられないし、閉じこもってもいられない。逸樹はともかく、洸太郎に会うのは怖いが、これも乗り越えなくてはならない壁なのだ。

ゆっくりと身体を起こし、床に足をつける。立ちあがると少しふらついたが、気を抜かなければ問題なく歩けそうだ。逆に言えば、足腰に力が入らずに非常に危なっかしい状態だということだが。

そろりとドアを開け、慎重に歩を進める。テレビの音が聞こえるリビングへ顔を出すと、いち早く気付いた逸樹が心配そうに近づいてきた。

「大丈夫？」

「……まぁ、なんとか」

「無理させちゃったね。反省はしてないけど」

「ああ……そう」

悪びれるふうもない逸樹に、思わず指でこめかみを押さえた。

逸樹の態度は昨日までとまったく変わらない。一人でおたおたしているのが、だんだんとバカらしくなってきた。

溜め息をついたところで、背後から声が聞こえてきた。

「紗也ー、おっはよーう」

朝っぱらからテンションが高い洸太郎に、いろいろと余裕のない紗也は顔を引きつらせる。後ろめたさが強くて、とても見返すことはできなかった。

洸太郎はキッチンにいて、なにやら料理をしているようだ。

「メシ食うだろ？　トーストとベーコンエッグとコーヒーだけど」

「ああ……うん」

「座って座って。立ってるの、つらいだろ？」

「……え？」

「いや、なんか逸樹が激しかったみたいだからさ。初めてだと厳しいんじゃないかと思って。そのへん、俺はよくわかんないけど」

声が弾んでいるのが不思議で仕方なくて、紗也はおずおずと顔を上げた。

洸太郎は満面の笑みを浮かべていた。

「やっとくっついたよ。はー、もうヤキモキした」

「洸太郎……」

「おめでと。これからもよろしく」

「お……おお……あ、うん。えーと……おまえ、それでいいのか？」

「なにが？」

「だから、その……兄貴と友達が、こんな関係になっちゃって……しかも同居……」

洸太郎を見る限り気にしている様子はまったくないし、むしろ心から祝福しているようだ。とはいえ、やはり確かめたかった。

そして洸太郎の答えは、紗也の予想の斜め上あたりを飛んでいった。

「当たり前じゃん。そうなって欲しくて紗也を呼んだんだし」

「は？」

「オレ、ずっとお母さん欲しかったんだよね。バイトしてたときから、お母さんは紗也って決めてたんだ」

この上もなく満足そうな洸太郎を見つめ、紗也は言葉もなく立ちつくす。

石像のように動かなくなった恋人を、逸樹が大事そうに抱き上げるのは数秒後のことだった。

愛と欲のパズル

「客単価が低い」

リビングのソファに座り、しばらく数字と睨《にら》めっこをしていた紗也《さなり》は、そろそろ逸樹《いっき》が声をかけようとした途端に、まるで気配を読んだかのようにぼそりと呟《つぶや》いた。

彼が手にしているのは、カフェの経理に関するデータを打ち出したものだ。店の準備段階から今日までのすべてが記されている。オープンからだと三ヵ月だ。

「店はわりと客でいっぱいなのに、売り上げがイマイチなんだよ」

紗也は相変わらず数字を見つめたままで、近くにいる逸樹を見ようともしない。いまの呟きもただの独り言であり、話しかけたわけではないのだ。

隣に座る逸樹は、もの言いたげな顔を笑顔に変え、恋人らしくその長い腕を紗也の腰にまわし、引き寄せる代わりに自ら少しだけ身を寄せた。

「難しい顔してると思ったら、そんなことを気にしてたの？」

「そんなこと、じゃねぇだろ。店の経営に関することだぞ。思ったより売り上げが伸びないってのに、店長がへらへらしてられるか」

「でも赤字ではないんでしょ？」

「は？」

「え、違うの？」

据わった目を向けた紗也に、逸樹は小首を傾げた。三十を過ぎた男がそんな仕草をしようものなら、普通は気持ち悪い以外のものにならないはずだが、なぜか彼がやると違和感がない。だがいまの紗也にはどうでもいいことだった。

紗也は目をすがめ、声を低くした。

「収支は定期的に渡してるはずだけど」

「あ、うん。そうだねー」

「見てないんだな？」

「紗也に任せておけば、大丈夫かなと思って。ハードルは低く設定してあるんだし、お客さんも結構来てくれてるしね」

これが閑古鳥でも鳴いているようならば話は違うのだろうが、それなりに流行っているのだから売り上げの心配などしていなかった、というのが逸樹の主張だ。だからといって、それはオーナーが経営状態を知らない理由にはならないのだが、当の本人は涼しい顔をするのみだ。

紗也は溜め息をついた。

「客の入りはオープン当時ほどじゃねぇよ。当然だけどさ。稼働率も、時間によるけど平均して七割ってとこかな。どうしても死に席が出るし」

「まぁ、それはね。全部の椅子にお客さんがいるってことは、まずないよね」

たとえ満席でも椅子は空くものだ。たとえば〈しゅえっと〉には四人がけのテーブルが四つあるが、必ずしもそこに四人の客が着くわけではないからだ。もしテーブルを揃える段階から紗也が関わっていれば分割式のテーブルにでもしたのだろうが、残念ながら店長にと求められたときには、そのあたりはすべて揃えられていた。

「ああ、まずねぇし、うちの客って滞在時間が長いんだよ。つまり回転が悪いの」

「ああ……それは仕方ないよね」

どこの店でも同じなのは確かだ。すべての椅子が埋まるなんて、相席をさせる店かカウンターが中心の店でなくては難しい。

だが紗也は足掻きたかった。

「仕方ねぇで終わらせたくない。けど、いまのままじゃ客単価が低くて見た目より売り上げがよくないから、開業資金を回収するのに相当かかる」

「別に回収しなくても……」

「絶対に回収はするから」

きっぱりと告げ、紗也はふたたび紙に目を落とした。

「えーと……どうしたの？　最初は赤字でいいなら気楽だとか言ってなかった？　引き受けてくれた理由の一つでもあったでしょ？」

逸樹が戸惑うのはもっともだ。そう思ったのは事実だし、初対面で逸樹にはそう告げた。だが気持ちというものは変化するものなのだ。

「そうなんだけど、いざ始めてみたら気がすまなくなっちゃってさ。自分で出資して趣味で店やってるならともかく、俺は雇われ店長なわけだし」

「いやいや、雇われ店長じゃないでしょ。僕としては、とっくに家族経営のつもりだったよ」

「だとしても、俺は趣味でやってるわけじゃねぇし。あくまで仕事なんだよ。だからちゃんと黒字出して、なるべく早く回収したい」

「あんまりカリカリすると、行き詰まるよ？」

「別にカリカリなんてしてねぇし。目標あったほうがいいだろ？」

「そうかもしれないけど……」

言葉では同意しながらも、逸樹は紗也の心情を理解できないでいる。彼は作品を売るためならば手段は問わないと嘯《うそぶ》く一方、描くときにはいっさい計算はしないし不純な気持ちを抱かず、ただ描きたいものを描く人間だ。まして経済的に余裕があり、金を稼ごうという意識は薄い。カフェに関しては、ギャラリーのついでのように考えているからなおさらだ。

「心配しなくても、家のことはちゃんとやるよ。洸太郎もよく手伝ってくれてるし」

「ああ……まぁ、あの子はね……」

もともと家事が苦にならないというのもあるだろうが、とにかく紗也の手伝いがしたくてたまらないのだ。そうして紗也から感謝の言葉をかけられたり褒められたりすると、まるで子供のように嬉しそうに笑う。

母親扱いされることに関しては、最初こそかなり戸惑い、やんわりと窘《たしな》めたものだが、結局洸太郎の言動に変化はなく、そのうちに紗也が慣れてしまった。自分より大きな図体をした、もうすぐ二十歳の青年だというのに、ときどき子供に見えてしまうのだから相当毒されている。だが慕ってくれているのは間違いないし、外へ出たときや人前ではわきまえた言動をするので、問題はさしてないと言っていい。よく気がつくし、率先して手伝ってくれる上に先読みもうまい。子供の立場を楽しんでいるとはいえ、そのあたりはさすがに年相応だ。

だから食卓には洸太郎の好物が並ぶことが多い。今日の夕食も洸太郎のリクエストでチキン南蛮がメインだった。

「ほんと、よくできたやつだよ。意外と真面目だし、しっかりしてるし、いろいろと気を遣ってくれるしさ。俺のこと母親とか、妙なことも言い出すけど……まぁ、それはもういいよ」

「いいんだ」

「害はねぇしさ。や、ほんとに助かってるよ。店にも出てくれるし、買いものするときだって、さりげなーく重いほう持ってるしな」

「へえ、紳士だね」

「その感想は微妙におかしいけどな。まぁ、とにかくいいやつだよ。あいつをフる女とか、馬鹿じゃねぇの」

「誰にでもそうじゃないってことだよ。紗也限定の優しさでしょ。彼女に対する優しさは半分義務感みたいなものだし」

「そうなのか……？　なんであんたがそんなこと知ってんの」

「洸太郎がそう言ってた」

「ああ……そういや、あんまりマメじゃないようなこと言ってたな……」

それが原因でフラれたようだが、本人にダメージはなかったようなので、引きずるような恋愛ではなかったのだろう。

「それに最近の洸太郎は、言い寄ってくる相手を片っ端から蹴ってるみたいだよ。紗也と比較して、ここがダメあそこがダメってね」

「……それはどうなんだよ……」

男の紗也と比較して彼女をふるいにかけているなど、どう考えてもおかしいだろう。

「マザコンだからね」

「いやいや」

言葉のチョイスまでおかしいと突っ込みを入れたくなったが、紗也と洸太郎の互いへ向かう意識を考えると、あながちそれも間違いとは思えなくなってくる。

そういえば恋人であり兄である逸樹は、紗也たちの関係性をどう思っているのだろうか。いまさらながらふと思った。

「……一応、親父ポジションなんだよな？」

「親父っていうのやめてくれる？　パパだよ、パパ」

「ああ、まぁ……あんたはそうだよな。あとはダディとか」

いずれにしても日本語の響きが似合わないのは確かだ。お父さんといったあたりの言葉もなにかが違う。

「でもね、洸太郎にとって僕はそれほど重要なポジションじゃないと思うよ」

「親代わりだって言ってたぞ」

「いまじゃ、お母さんの旦那さん……だね」

「旦那ねぇ……」

しみじみと呟いて逸樹の顔を見つめてみたが、実感はまるで湧かなかった。逸樹は恋人で、言葉でも行動でも愛情を示され、紗也だって同様の気持ちを返している。だが家族や夫婦といった関係を匂わされても、すんなりとは馴染《なじ》めなかった。

「こういう言い方は嫌い？　だったらやめるけど」

「別に嫌いとかじゃなくてさ、ピンと来ないだけ。いまさら女役だからどうのって、うじうじ悩む気もねぇし」

「紗也ってそういうとこ潔いっていうか、ある意味男らしいよね」

「そうか？　だって、所詮はセックスんときの役割に過ぎないわけじゃん。俺は俺だろ？　そんなことで崩れるほど、俺のアイデンティティは脆《もろ》くねぇよ」

たとえ身体の隅々まで触られて喘がされようとも、男を受け入れていかされようとも、自分という人間自体が変わるわけではないと紗也は思っている。逸樹を受け入れたのは、そして抱かれようと決心したのは、紗也の意思なのだ。

「家族っていうのは、なかなか難しいのかもしれないけど……紗也にはご両親がいるわけだしね。だから、まぁ……洸太郎も込みで、恋愛関係も成り立てばな……って思ってるんだけど」

「あ、うん。それなら、たぶん……」

肉親がいるとはいっても、もう何年も会っていないし、向こうも紗也には興味がないのだ。だから家族という言葉は、逸樹たちよりもさらにしっくりとこなかった。

逸樹が髪を撫でるのを感じながら、なにも言わずに身を任せた。逸樹も言葉を発しないが、こういった時間は貴重で、いまの紗也にとっては大切にしたいもののひとつだ。

だが長くは続かなかった。遠くでドアが開く音がし、小さくはない足音が近づいてきた。

「お先ー」

髪を拭きながら風呂から出てきた洸太郎は、一声かけて冷蔵庫を開けに行くが、濡れ髪からは水がしたたり落ちていた。

「おまえ、また……！　ポタポタ水垂れてんじゃねぇか」

「んー？　ああ、ごめん」

言いながらも洸太郎は取り出したコーラを飲むことに夢中で、肩や背中へと水を垂らし続けている。なかには床に落ちるものもあった。

紗也は逸樹の腕をほどいて立ち上がり、ずかずかと洸太郎に近づくとタオルを奪って髪を拭いた。

いや、頭をこするというほうが正しい勢いだった。

「何回言ったらわかるんだよ」

「いやー……つい」

へらりと笑いつつも、洸太郎は少し膝を曲げた。立ったまま髪を拭くのがつらいほど紗也は小さくないのだが、これで楽になったのは確かだ。

「……わざとだよ」

ぼそりと呟く声が背後から聞こえ、紗也は手を休めることなく振り返った。

「ん？」

「洸太郎のそれは、わざとだって言ってるの。ただのかまってちゃん」

「え、ああ……まぁ、そうかもな」

「紗也はちょっと洸太郎に甘すぎると思うんだよね」

「…………」

どこかふて腐れたような調子に一瞬言葉を失った。

長い脚を組み、そのつま先をゆらゆらと動かしながら、逸樹は紗也たちをじっと見つめている。顔には笑みが浮かんでいるが、明らかに不機嫌そうだった。

「僕には冷たいのに」

「え……ええ？」

さすがに手が止まり、まじまじと逸樹を見つめ返してしまう。そのままタオルを洸太郎に突き返し、紗也は小さく溜め息をついた。

これはどう見ても拗《す》ねてはいないだろうか。発言と声の調子、表情としぐさ、すべてがそうだと訴えてきている。

やれやれと思いつつも顔には出さないようにソファ――つまりは逸樹の隣へと戻り、先ほどよりも少しくっついて座った。

当たり前のように逸樹は腰を抱き寄せてきた。

「冷たくしてるつもりはねぇよ？」

「待遇差はあるよね」

「自覚はあんまりねぇけど……うーん、洸太郎の好きなメニューになりがちってのもあるかもな。けどそれは、よく手伝ってくれるご褒美だし。つーかさ、あんたが俺と洸太郎のこと親子扱いしたんだぞ。食卓に並ぶのが子供の好きなもんばっかになっても仕方なくね？　それにあんたら兄弟って、わりと好きなもん被ってんじゃん。好き嫌いもねぇし」

「でも洸太郎ばっかりかまうでしょ。僕も髪拭かないで出てこようかな」

「いやいや……だからさ、なんか言ってることがおかしいんだけど。いい大人が言うことじゃないだろ絶対」

「子供に妻を取られちゃった夫って、こんな気分なんだろうな」

「話を聞けって」

どこまで本気なのかは不明だが、逸樹が不満を吐き出すつもりなのは確かなようだ。昨日今日ではなく、以前から抱え込んでいたものがあるのだろう。

ふたたび溜め息が出てきた。かつての彼女たちに、仕事を引き合いに出されてどちらが大事なのかと責められたことはあったし、ただ話しただけの同僚や女友達に嫉妬されたことはあったが、このパターンは予想もしていなかった。しかも恋愛感情を疑ってのことではないのだ。

「あー……まぁ俺が恋人として至らないのは確かなんだけど……」

「そういうことじゃないよ。でももう少しだけ、僕のこともかまって欲しいってだけで」

甘えるように抱きしめられ、紗也は苦笑をこぼした。こういう真似はとても紗也にはできないから、羨ましくさえ思ってしまう。

いつの間にか洸太郎はリビングから姿を消していた。気を遣ったのだろう。たんにいたたまれないだけかもしれないが。

「仕事以外では、なるべくあんたといるようにする。いまはそれでいいか？　仕事に集中してみたいっていう気持ち、どうしても捨てられないからさ。なんていうか……できれば協力して？」

「いいけど、かまってもらえなかった分は埋め合わせてくれる？　もちろん、ベッドで」

「う……うん。無理じゃない程度ならな」

貴公子然とした見た目からは想像もできないが、逸樹のセックスは結構しつこいし濃厚だ。普段はそうでもないのだが、紗也にもよくわからない理由でスイッチが入ったときが怖い。おまけに彼は、紗也が泣いて懇願しても喜ぶし、強気でやめろと睨んでも喜ぶのだ。サディスティックなんだかマゾヒスティックなんだかよくわからない。

（そういや、三桁セフレがいたんだから、こんな顔して相当なんだよな……）

いろいろな意味で逸樹は「強い」し、セックス自体が好きなのだ。それは紗也との行為のなかに表れている。

「あのさ……」

「ん？」

「あんたって、十数人も相手がいたわけじゃん。それ全部切って、俺一人にして……その、物足りなさとかねぇの？」

「ないよ」

きっぱりと即答され、紗也はたじろいだ。目を合わせた逸樹は真剣な表情で、ほんの少しだけ心外そうな雰囲気を漂わせた。

「そ……そっか」

「セックスの回数や頻度だけがすべてじゃないからね。精神的な充足感っていうのかな。本当に好きで、欲しくてたまらない相手だったら、気持ちが満たされれば足りるみたいだよ。だからかまって、って言ってるの」

「わ、わかった」

ぎこちなく頷くと、大きな手のひらで頬を撫でられた。

「別に脅してるわけじゃないからね。ただ、僕を身も心も満たせるのは、いまは紗也しかいないって言いたいだけなんだ」

「……うん」

甘さと熱を孕《はら》んだ言葉に、じわりと身体の奥が熱くなる。温かさとは違うそれは、目の前の男がつけた官能の火によるものだった。

抱き寄せられて、もう何度目かもわからないキスをする。

愛されることに慣れた身体が、逸樹を求めて止まらなくなるのはそれからすぐのことだった。

店は七時を過ぎると、ぐっと客の数が減る。オープン直後は閉店間際まで席が埋まっていることも多かったが、徐々にそれはなくなり、最近はギリギリまでいる客も少なくなった。今日も閉店四十分前を控え残った客は三組となっている。

洗ったグラスを磨きながら、洸太郎はふと思い出したように言った。

「結局、新メニューについてはどうなったわけ？」

「アフタヌーンティーってやつを、導入してみようかと」

「おー」

「うちの客、平均滞在時間が九十分超えるんだよ。で、単価七百円」

「だから高いメニューを出すのか。でも、そしたら三時間くらいいたりしてな」

「それはありうる。コストもかかるから、やっぱ限定にしたほうがいいかも」

小声の会話は客たちには聞こえないように心がけている。とはいえ、客はすべて二人連れで、それぞれ話に夢中になっているからそれほど神経質になることもなさそうだった。

「アフタヌーンティーって三段重ねのやつだよな」

「そうそう。ちょっと調べてみたんだけどさ、あれだったら飲み物込みで二千円近く取ってもいけそうなんだよな」

「確かに。ホテルとかだと平気で三千円以上するもんな。千円台だったら、お得な感じする。内容にもよるけどさ」

「詳しいな」

「まぁね。オレも多少は調べたからさ。で、客単価を上げるって作戦か」

洸太郎はますます声を低くした。

「うん、やっぱ三段重ねは外せねぇと思うんだ。味もだけど、演出も大事だろ。まぁ、うちのは正統派じゃなくなる予定だけど。スコーンとか、俺が作れるかどうかで変わってくるし」

「作んの？」

「買うより安く上がるじゃん。ケーキは……どっかで仕入れるけど」

さすがにそこまでは手がまわらない。なにしろ菓子作りなどしたことがないのだから、それはスコーン作りが成功してからの話だ。

「調べたら、スコーンの材料費は高くねぇしさ。あと、三段のトレーも自作するから」

「へ？」

「どんなに安くても一個四千円くらいはしそうなんだよな。でも安いのはちゃちだしさ、格好いいのになると何万の世界なんだよ」

「はぁ……」

「だったら材料買って曲げたり溶接したりすれば、なんとかなるかなと思って。友達に金属工芸やってるやつがいるから、道具は借りられるし」

とりあえず最初は十も作っておけばいいだろう。限定数を謳《うた》っておけば、仮に一度にオーダーが入ったとしても対応できるし、ロスが出るリスクを減らせる。そして様子を見ながら増やしていけばいいことだ。

紗也の計画を聞いた洸太郎は、ほうけた顔でグラスを拭いていた。感心しているのか呆れているのか、よくわからない態度だった。

「たくましいよな、紗也って」

「褒められてる気がしねぇ」

「ちゃんと褒めてるって。つーかさ、嬉しいんだよな」

「嬉しい？」

「だってオレが誘ったんだぜ。ぶっちゃけ自分の好みで仕事しようって魂胆だったんだけど、紗也が本気でやってくれると、やっぱ嬉しいからさ」

「なるほど……」

そんなものかと頷き、だったらなおのこと頑張ろうと決意していると、洸太郎がからりと声の調子を変えた。

「ところでさ、今日ってメシなに？」

「え？　ああ……メインは冷しゃぶ。あとぶり大根」

「それ、逸樹のリクエストだろ」

「おまえの好物ばっか出してると、拗ねるからな」

「ははは。いやオレもあれ好きだからいいけど」

「しばらくは意識して、おまえのことかまわねぇからな」

「えー、寂しい」

「おまえは放っておいても実害ないけど、あっちはあるんだよ」

「ああ……」

途端に同情に満ちた目を向けられ、ひどくいたたまれない気分になった。実害は主にセックス時に出るのを洸太郎は知っているのだ。

ちょうど会話が途切れたタイミングで一組の客が席を立った。彼女たちが会計をすませて出て行くと、待っていたように話を蒸し返された。

「オレさ、てっきり逸樹は尻に敷かれてるんだと思ってたんだよね」

「は……？」

「さんざんセフレたち振りまわしてたのが嘘みたいに、紗也に主導権握られてるっていうか……。こう、紗也がうまーく逸樹を転がしてるっていうかさ」

「そうでもねぇよ」

「うん、違ってた。やっぱ逸樹が本気出すと、違うな」

拗ねてみせるのも甘えるのも、逸樹はある程度は故意にやっている。もちろん基づく感情は本物だが、その表し方が計算なのだ。わかっていても、紗也にはどうしてもあらがえない。気がつけば籠絡《ろうらく》され、逸樹曰く「埋め合わせ」をさせられている状態で、それが大変なのだ。

「いいから、もう上がれ。ぶり大根温めて、冷しゃぶは出来てるから出しといて」

「おっけー」

洸太郎はグラスを二つ残し、客に挨拶をして奥へと引っ込んでいくと、残っていた客たちがそれぞれ帰るそぶりを見せた。まず一組が会計をすませて帰って行き、続いてもう一組が席を立った。ラストオーダーの五分前にして、客はいなくなろうとしていた。

今日は早じまいか、と思ったとき、ドアが開く音が聞こえてきた。

「いらっしゃいませ」

反射的に声をかけながら視線をやると、男が一人で入ってくるところだった。

長身の色男。ぱっと見の感想はそんなところだ。物珍しそうに店内を見まわす様子を見る限りは、なにも知らずにふらりと入ってきてしまったように思えた。

会計をすませて帰ろうとしていた客も、入ってきた男に気づいて反応を示した。思わず目をとめてしまうくらい、男の容姿が整っているからだ。

それでもすでに会計をすませてしまった彼女たちは、名残《なごり》惜しそうにしつつも店を出て行った。

「どこに座ってもいいのか？」

「ええ、どうぞ」

鷹揚に頷いた男は、迷うことなくカウンター席に着いた。

「コーヒーをもらおうかな」

「かしこまりました」

オーダーをすませると、男はふたたび店内を眺め始めた。

カジュアルだが高そうなジャケットに身を包み、こ洒落た雰囲気を持つ男は、どう見ても自由業の雰囲気を漂わせている。派手なのに水商売といった感じはせず、方向性としてはアート系だ。

（カテゴリーは逸樹さんと一緒だな……）

容姿や雰囲気が似ているわけではないのだが、逸樹と同じ匂いがする。年齢もだいたい同じくらいだろう。

コーヒーを入れながら、紗也は自分が無意識に身がまえていたことに気づいた。どうやら以前の不快な記憶が喚起されたらしい。いまとなっては笑い話にしてもいいくらいだが、逸樹のセフレだった青年のことを思いだしてしまったのだ。

見目のいい男性の一人客で、カウンターに座って——。

「いい店だな」

ふいに声をかけられ、紗也ははっとして顔を上げた。

「あ……ありがとうございます」

「一人でやってるのか？」

「いえ、アルバイターもいるんですが、もう上がったので」

いまごろは食事の準備をしてくれているだろう。洸太郎には一応、時間給を出しているので、立場としてはアルバイターなのだ。

「へぇ……あ、ギャラリーのほうも見ていいのかな」

「はい、ご自由にどうぞ」

男が席を離れると、少し余裕が生まれた。

彼は以前の青年とは違い、内装やギャラリーに意識が向かっている。いまも新作の絵本を手に取り、ぱらぱらとめくっていた。冷やかしという雰囲気はないものの、熱心というわけでもなく、男は最後まで目を通してから本を元の位置に戻した。

「薬屋の次は、郵便屋か。シリーズなんだな」

「あ……はい、そうなんです。あの、お待たせしました。コーヒーをどうぞ」

「ありがとう」

内心少し驚きながら、紗也は入れ終えたコーヒーを置いた。意外なことに、男は前作を知っているらしい。もちろん隣には前作も置いてあるが、表紙を見ただけではどちらが一作目かわからないはずなのだ。つまりここが〈ほしやまいつき〉の店だということを承知で来たのだろう。

（ものすごく意外だけど……）

男は席に戻ってくると、まずコーヒーの香りを確かめてから口をつけた。彼の派手な雰囲気は、カフェよりもバーのほうが似合いそうだし、絵本よりも携帯端末あたりをいじっていたほうがしっくりときそうだった。

　男はなにも言わず、小さく頷いてカップを戻す。褒め言葉はなかったが、納得はしてくれたようなのでほっとした。

「ところでラストオーダーの時間なんですが、追加のご注文はよろしいですか」

「ああ。ギリギリで悪かったな」

「そんなことないですよ」

　笑顔を向けると、客は感心した様子で浅く顎《あご》を引いた。そうして穴が空《あ》くかというほど、じっと紗也の顔を見つめる。

「うん、イケメンだな。いや、美人って言ったほうが近いのか。モテるだろ」

「そんなことないですよ。いつもフラれるんです。俺と付き合っても、つまらないみたいで」

　突然の話題に困惑しつつも、笑顔はキープした。この手の話題は女性客たちからもよく向けられるので、返答も定型化している。女性客ばかりの店なので、事実を交えつつも聞こえが悪くないように言葉を選んでいた。

「意外だな。マメそうなのに」

「うーん……部分的には、かなりそうですね。でも連絡……メールとか電話とかは、全然だめで。あとあんまり彼女を褒めてあげなかったりで、相手が逃げちゃうんですよ」

　当時はよくわからなかったが、ようするに彼女たちには不満だけでなく不安もあったのだろう。言

葉を欲しがり、仕事より優先されることによって安堵し、会えない時間が短いことで心の平穏を保とうとしていた。だからそれらを与えてくれる男に気持ちが向かったのだ。

「あ、この話はここだけってことで」

「まずいの？」

「お客さまは相当もてそうだし、男の人だから話せますけど、女性のお客様に幻滅でもされたら、ちょっと困るなと思って」

女性たちに冷たいと思われること自体は別にいいが、それが集客や店の評判に関わるようでは困る。紗也の容姿がもっと怜悧《れいり》なものだったり、無骨なタイプだったりするならともかく、どうやら女性には優しそうだとか親切そうだと映るらしいから、幻想はあまり打ち砕きたくないのだ。

ましてこの店は、ほしやまいつきの世界に連なっている。メルヘンやファンシーが背景にあるのに、店長が女性に冷たいのは微妙にイメージにそぐわないだろう。

「客はやっぱり女性ばかりか」

「そうですね。ほぼ、女性です。男性のお客様は、彼女に連れてこられる方がほとんどですし」

「じゃあ俺は珍しい客なんだな」

「貴重なお客様です」

笑顔を向けてから、断ってドアに〈ＣＬＯＳＥＤ〉のプレートをかけにいく。それからドリッパーやポットを洗い、さりげなく片付けをした。さすがにできるのはカウンター内の片付けのみだ。テーブル席やレジをいじるような真似はしない。

男はそれきり話しかけてくることはなかったが、ときおり視線を向けられるのは感じた。ずっと見つめているわけではないし、ここには紗也しかいないのだから、手持ちぶさたな男が目で追うのは仕方ないことだ。

そう思っていたら、カチャリとカップを戻す音がした。

「ごちそうさま。美味かったよ」

「ありがとうございます」

「君が朝のコーヒーも入れてくれたら嬉しいんだがな」

「は……？」

一瞬きょとんとしてしまったが、すぐに意味を飲み込んだ。男が醸し出す雰囲気と表情に、すべてが表れていた。

誘い慣れた男の顔だ。

紗也は微笑み、氷が溶けたグラスを取り替えた。

「朝のコーヒーを入れる相手は、決まっているので」

「だろうね」

「わかってておっしゃったんですか？」

「君ほどの美人がフリーということはないだろうなと思ってさ」

ひょいと肩を竦めるしぐさも様になっている。こういうのが似合う日本人男性というのは、そう多くはないが、彼はその一人らしい。

「そんなことないですよ。つい最近まで、二年くらいフリーでしたよ」

「もったいないないな。二年もフリーというのもだし、相手を特定しちゃうっていうのも、もったいないと思わないか？」

「え、いや……」

「一人に縛られるなんて、つまらないだろ。堅苦しい概念に囚われてないで、もっと自由になってみれば？　手伝うよ。どうせ君の恋人だって……」

言葉が途切れるのと同時に、男の視線が紗也の背後へ流れていった。

はっとして振り返ると、眉間《みけん》に皺を寄せた逸樹が立っていた。自宅と店を隔てているドアは、なぜか紗也一人が店番のときは開け放たれることになっているので、すぐ近くまで来ていたことにまったく気づけなかった。

「紗也の恋人が、なんだって？」

声は低いが、冷ややかさだとか怒気のようなものは感じない。それよりも呆れと諦めのほうが強いようだ。

「よう、久しぶり」

男が発した言葉に紗也は目を瞠《みは》った。逸樹の知り合いだったようだ。

「おかえり。いつ帰ってきたの？　まだ先の予定だったろ？」

「日本のメシが恋しくなってさ。こっちに残してきた恋人たちも、寂しいってうるさいし」

「相変わらずだね」

やれやれと言わんばかりの逸樹は、ちょっと前まで同じようなことを言っていたという自覚があるのだろうか。

むしろ紗也のほうがやれやれと言いたい気分だった。目の前の客が逸樹の知り合いであることは間違いないが、ただの顔見知りといった雰囲気ではない。同じカテゴリーの人間だと感じたのは、あながち間違いでもなさそうだった。

（類友だな）

後は逸樹に任せて上がってしまおうか。ぼんやりとそんなことを考えていると、逸樹の視線が紗也に向けられた。

「大丈夫？　口説かれただけ？」

「え？」

「ほかになにか……たとえば手を握られたとか、お尻触られたとかキスされたとか……」

「あるわけないでしょう」

客の前なので、とりあえず口調には気を遣った。たとえ逸樹の知り合いでも、どんな関係かわからない以上は必要なことだった。

「ありうるよ、この男なら。なんたって僕より手が早いからね」

「はぁ……そうなんですか」

どれだけ手が早いんだと呆れる心を押し隠し、紗也は小さく頷いた。

「似たようなもんだろ。おまえは寄ってきた相手のなかから釣って、俺は自分から積極的に好みの相手を狩りに行くってだけで」

「僕に関しては過去形で言ってくれないかな」

「へぇ……噂は本当ってことか」

男は視線をちらっと紗也に向け、意味ありげに口の端を上げた。

「紗也はダメだよ」

「へぇ、可愛い名前だな。初めまして、俺は宮越の親友で、御門紀彦《みかどのりひこ》だ」

「悪友の間違いだから」

すかさず訂正する逸樹をよそに、御門はすっと手を差し出してきた。握手の習慣はないから戸惑ったが、すぐに紗也も手を伸ばした。

「上島《うえしま》紗也です。ここの店長を任されてます」

「よろしく。仕事ついでに半年くらい海外にいたんだけどね、当分はこっちにいるつもりだから、ちょくちょく寄らせてもらうよ」

「ありがとうございます」

「はいはい、握手終わり。いつまでも紗也の手を握ってるんじゃないない」

強引に手を離させた逸樹を、御門はもの珍しそうな顔で見つめた。意外そうな、それでいてどこかおもしろがっているような表情だった。

御門は鈍い人間ではないだろう。人の機微に聡《さと》いかどうかは知らないが、色事に関しては鼻がきくタイプのように思える。逸樹の視線やしぐさ、それに漂う雰囲気で、紗也たちの関係に気づくことは大いに考えられた。

（それとも、知ってて来たか……）

友人なのだから逸樹から話を聞いている可能性は高いし、噂とやらも気になる。だが逸樹がなにも言わないうちは警戒するに越したことはないだろう。

「手ぐらい握らせろよ」

「ダメ」

「ふーん……」

「あの、お仕事ってなにされてるんですか？」

不穏な雰囲気を感じ取り、紗也は慌てて話題を変えた。不穏といっても、二人のあいだに険悪な気配が漂ったわけではなく、紗也にとって都合の悪い方向へ行きそうな気がしたからだった。

強引な話題転換であることは承知だろうが、御門もおとなだ。そんな態度はおくびにも出さず、にっこりと笑った。

「フォトグラファー。タレントの写真集とか、青年誌に使うグラビアアイドルの写真とか、あとはCDのジャケットとか……まぁ、カメラマンだな」

「ああ……だから海外」

紗也の脳裏には、水着姿の若い女性が浮かんでいた。背景は青い海や白いビーチだ。グラビアアイドルと言われたら、それしか連想できなかった。

「そう。今回はセブ島だったんで、仕事が終わってもそのまましばらくのんびりして、それからあちこち一人旅をしてたんだ」

「優雅ですね」

「一つの場所に居続けるのは苦手でね。人間も一緒」

にやりと笑う意味がわからないほど鈍くはなく、紗也はこっそりと溜め息をついた。ようするに以前の逸樹と同じく、恋またはセックスの相手が大勢いるということなのだろう。

「やっぱ類友……」

心の声は実際に音となっていて、二人の視線が同時に向けられた。片や楽しげな、片やいやそうな顔をして。

「その通り。こいつと俺は似た者同士でな、特に恋愛に関してはいろいろと被ることが多かったよ。考え方もだし、相手もな」

「へぇ……」

ちらりと逸樹に目をやると、すかさず手を握られて正面を向かされる。無意識に咎《とが》めるような目をしていたのかもしれない。

「昔の話だよ、昔の。それに別に3Pとかしてたわけじゃないからね」

「しれっとそういうこと言うのやめてください。ようするに相手も同類だったってことですよね。乱れてる……」

「リベラルと言ってくれ。なぁ、宮越」

「同意を求めないでくれるかな。僕はもう、そういうのはやめたから。ねぇ、紗也」

「そうみたいですね」

突き放した言い方をしたものの、紗也は逸樹を疑っているわけではなかった。そんな余地もないほど愛を囁かれ、言葉以外でも愛情と執着を示されているのだ。

逸樹は紗也の手を取り、指を絡めてきた。抱きしめたり密着したりしないのは、外から見えることを配慮したからだろう。

「まだ信じられない？」

「……そんなことないけど」

紗也からも手を握り返すと、逸樹は嬉しそうな顔をした。甘い気配が強くなり、ひどく照れくさい気分になった。

その一部始終を観察し、御門はふーんとつまらなそうに鼻を鳴らした。

「ただの噂だと思ってたんだがな……」

「う……噂？　そういえば、さっきも……」

「それ、どんな噂？」

問うような視線を逸樹が向けると、待っていたと言わんばかりに御門は口の端を上げた。

「おまえがセフレを全部切って、本命に入れあげてる……ってな。一目見てすぐわかったよ。どこからどう見ても、逸樹の好みだ」

「わざわざ確かめに来たわけか。だったら僕に電話でも入れればよかったのに、どうして直接？　もしかして相手が紗也だって噂も出てる？」

逸樹は自分たちの関係が明るみに出ることをかなり警戒しているのだ。自分はともかく、紗也が困るだろうと言って。

御門は鷹揚に頷いた。

「当然出てる。まぁ、いくつもある噂の一つだけどな。どっかの女を孕ませたとか、いいとこのお嬢様と婚約したとか、いろいろあったな」

「そう。ならいいよ。いくつかは意図的に流したものだしね」

「カモフラージュか」

「僕はどんなこと言われてもいいけど、紗也に害が出るのは困るからね」

「ずいぶん気を遣ってるんだな」

「本気だから」

「へぇ」

御門の声にいやな気配が混じっているように感じ、思わず顔を見たが、彼は穏やかに笑っているだけだった。

気のせいだったかと肩から力が抜けた。

「逃げられないように、僕も必死なんだよ」

「ちょっと手を握ったくらいで、あれだもんなぁ。俺がおまえの彼女とやっても怒らなかったっていうのにねぇ」

「あれは彼女じゃなくてセフレでしょ。誰となにしようが、ベッドのなかに持ち込まなきゃルール違反じゃないし」

「恋人だろ?」

「セフレだよ。いままでの相手は全員ね」

きっぱりと言い放ち、逸樹は御門を見据えた。たかが言い方ひとつだが、それは逸樹の意識が変わったことを示すものでもある。恋人という名称は紗也だけのものなのだ。

「紗也とは違うんだよ」

「どうしたんだ、おまえ」

「どうもしないよ。強いて言うなら、目が覚めたってところかな。恋や愛がどういうものかを、ようやく知ったんだ」

「信じられないな。俺からすれば、いまのおまえのほうが夢のなかだ。愛だの恋だのっていう幻想を見てるだけだろ。熱に浮かされてるんだよ。おまえは俺と同種なんだからな」

「同種だった、かもね」

紗也から客観的に見る限り、どちらも自らの主張を曲げることはなさそうだった。それでも険悪な雰囲気にならないのは、どちらも加減を心得ているからなのだろう。

御門は大きな溜め息をつき、スツールのわずかばかりの背もたれに身体を預けた。

「平行線だな」

「僕はそれでかまわないよ。君が僕をどう思おうと、僕が変わることはないからね」

「熱くなっちゃってまぁ……笑顔で鬼畜発言してた男とは思えないな」

声に出して笑ってから、御門は紗也に目をやった。

「……なんです？」

「詳しく聞きたいだろ？」

「御門」

逸樹は心底いやそうな顔をし、御門を止めようとした。紗也の手を引き、奥へと帰そうともしていたが、紗也はやんわりと断った。

「別に興味はないです。逸樹さんが女に……男もですけど、だらしなくて節操がなかったのは知ってますから、いまさら驚きませんよ」

「肝が据わってるな」

「そういうことで悩む段階は、もう通り過ぎました。で、逸樹さん。俺は店の片付けをしたいんで、手ぇ離してくれ。この人、客扱いしなくていいんだろ？」

「しなくていいけど……」

「じゃ、遠慮なく」

物言いたげな逸樹の手を振りほどき、紗也はカウンター内から出て窓のシェードを下ろしにいく。そして二人分の視線を受けつつ、いつものようにてきぱきとテーブルの上を整えた。

御門は呆気にとられたように眺めていた。

「驚いたな。いいのか、あれで」

「いいに決まってるでしょ」

「色っぽい気配を感じないんだが……」

「ご心配なく。とにかく目的を果たしたなら、もう帰ってくれないかな。それで、一度と来なくていいよ」

「親友に言うことかよ、それが」

「悪いけど親友だと思ったことは一度もないから」

笑顔ではないし言葉も辛辣《しんらつ》だが、その口調に棘《とげ》はなかった。親しさからくる態度であることは第三者の紗也から見ても明らかだし、言われた御門も承知のようだった。

「ひどいと思わないか、なぁ紗也くん」

「え、ああ……どうなんですかね」

椅子の座面を拭きながら、顔だけちらりと向けて言葉を返した。少なくとも御門は楽しそうに見えるのだが、そこは言わないでおこうと決める。ここは逸樹に任せて黙っているのが一番面倒がないだろう。

「もう閉店だから、お引き取り願おうかな」

「なんだよ、久しぶりなんだから飲みに行こうぜ」

「仕事が溜まってるから無理だね。約束なら、あらためて連絡して」

「はいはい」

仕方なさそうに立ち上がった御門が紗也に視線を向けると、逸樹があからさまに警戒した。よほど信用していないらしい。あるいはそれだけ理解しているということかもしれないが。

「ごちそうさま。またな、紗也くん」

「お気をつけて」

ぺこりと頭を下げ、退店していく御門を見送った。逸樹が心配したようなことはなく、実にあっさりとしたものだった。

ドアに施錠したのは逸樹で、それがすむとやれやれと言わんばかりの溜め息をついた。

「油断してたな……まだ先だと思ってたのに」

「友達……なんだよな？」

「言ったでしょ、悪友だよ。ロクデナシ仲間とも言うね」

「自分で言うか」

「悪い人間じゃないけど、誠実って言葉はどこかに置いてきちゃったタイプだからね。あ、僕は紗也くんには、誠実だよ」

「わかってるって」

何度も何度も言われ続けているので、苦笑しながら頷いた。なにかあるたびに必死になる逸樹を可愛いと思っていることは秘密だ。

「いいかい、くれぐれも御門には注意して。とにかく手が早いから。キスくらいは挨拶の範囲に入ると思ってるし、合意は挿入までに取れればいいって考えだからね」

「え……逸樹さんもそうだったのか？」

「僕は違います。自分から口説いたのは君が初めてなんだから、そういうシチュエーションはなかったよ。こんなこと言うのはなんだけど、常に相手がその気だったからね」

「それもどうなんだよ……」

紗也は浅く溜め息をつき、各テーブルを整えてからレジを閉めた。店の掃除はあとで洸太郎がやってくれるだろう。

店に小さい明かりだけを残し、二階へ行こうとすると、階段下で両肩をつかまれた。

「本当に気をつけて。御門とは趣味が似てるんだ。紗也も間違いなく、御門の好みだから。さっきだって、口説かれてたんでしょ？」

「口説かれたというか……誘われたというか」

「同じだよ。絶対また来るだろうから、警戒してね。僕も後でしっかり牽制《けんせい》しておくから」

「ああ」

目を見て頷くと、ようやく肩から手が離れていった。

口には出さなかったが、逸樹の牽制はきっと効果がないだろうと紗也は思っていた。

「偶然だな」

笑顔でかけられた声に、紗也は内心溜め息をつきたくなった。

こんな時間――午前中に御門の顔を見ることになるとは思っていなかった。しかも今日はカメラケースのようなものを提《さ》げている。

食料や日用品の買いものは、外出先から戻る際に洸太郎がすませてくることが多いが、場合によっては紗也が行くこともある。急に必要なものが出たり、自分で行きたくなったときなどだが、今日は後者だった。気分転換のようなものだ。

だが買いものをすませてスーパーを出たとき、ばったりと御門に会ってしまったのだ。タイミングの悪さに溜め息をつきたくなった。

また来るはずというのは逸樹も言っていたし、彼の牽制に効果がないことは紗也にもわかっていたから、店に来ること自体は想定通りなのだが、問題は頻度だ。

彼は週に三回はやってきて、コーヒーと軽食、あるいはパンケーキなどを頼んで寛《くつろ》ぐのだ。もちろん初めて来店したとき以外は金を払っているのでれっきとした客なのだが、紗也はどうにも客という意識が抱けないでいる。

「……こんにちは」

「俺としてはまだおはよう……なんだがな」

「あれ、今日は車じゃないんですか」

御門は自分の車で来て、近くのコインパーキングに停《と》めておくことが多い。たまにタクシーで来ることもあるようだが、紗也が知る限り電車でというのは初めてだった。しかも〈しゅえっと〉の開店まで一時間以上あるのだから、こんなところでなにをしているのかと疑問が湧いた。

「彼女のところから直行したんでな。三つ先の駅だし、出かけるっていうんで一緒に出てきた」

「ああ……それで」

「君は買いものか」

「ええ」

「重そうだな。少し持とうか」

「大丈夫です」

安さにテンションが上がり、つい買いすぎてしまったものの、持ってもらうほど重いわけではない。これが逸樹や洸太郎ならば任せてしまうところだが。

当然のように隣を歩く御門を見て、紗也はどうしたものかと考えた。

このままだと、開店前の店内に入れるか、自宅に上がらせるかということになってしまう。さすがに御門を一人外で待たせておくことはできまい。

「ゆっくり話すのは初めてだな」

「そう……ですね」

初対面のときはすぐに逸樹が来たし、以降も彼や洸太郎がいたりしたので、少ししか言葉を交わしていないのだ。御門は閉店間際に訪れることが多いので、宮越兄弟はかなり注意を払っていた。

「警戒してるな」

「そりゃ会うたびに誘われたり触られたりしてれば、警戒もしますよ」

コーヒーを出そうとすれば手を握るし、やたらと紗也を褒めたり、自分が紗也をどうしたいのかを平然と語る。恋人の前だろうがおかまいなしだった。紗也より洸太郎のほうがカリカリし、御門を目の敵《かたき》にしているほどだ。

「それはしょうがないな。いま一番興味があるのは紗也くんだからな」

「早く飽きてください。ほかにいい感じの人っていないんですか？　グラビアモデルとか、よりどりみどりなんでしょ？　好みのタイプだって、いるんじゃないですか？」

「仕事相手に手は出さない主義なんだよ。信用に関わる」

「……意外……」

ぽつりと呟いた声は聞こえてしまったらしく、じろりと冗談まじりに睨まれた。

「どうせ俺が顔で仕事を取ってるとでも思ってるんだろ？」

「い、いやそこまでは……」

いきなり指摘され、うろたえてしまった。実際、被写体である女性たちから指名されるんだろうと思っていたのだ。

紗也は書店で御門が撮ったという写真集をいくつか見たが、アイドルを可愛らしく撮ったものもあれば、官能的なヌードもあった。そのなかには、逸樹の元セフレたちに雰囲気や容姿の似た女性もいたから、好みが似ているという御門にとってもそうだと思っていた。

「言っておくが、指名はあくまで俺の腕を買われて……だぞ」

「……すみません」

「まぁ、普段の言動を見てればそうなるか。宮越が必要以上に危機感を煽《あお》ってるみたいだしな」

「確かにちょっと心配しすぎですけどね」

「ああいう宮越に、まだ慣れないんだよな。誰か一人に執着するとか……考えられないわ」

それは彼自身について言っているのか、それとも逸樹のことを言っているのか、紗也にはよくわからなかったし、わざわざ確かめる気もなかった。それに店へ顔を出す理由も、いまだにはっきりしない。本人は店の雰囲気が好きだの、紗也を口説くためだのと言っているが、どちらも納得しきれない部分がある。特に後者に関しては口実のように思えて仕方なかった。

触られたり誘われたりしているのは事実だが、本気が見えてこない。逸樹の反応を見ておもしろがっているのかとも思ったが、逸樹がいてもいなくても言動は変わらないのが引っかかるといえば引っかかった。後から逸樹に話が行くことを見越しているのかもしれないが。

「君の場合は、宮越から口説いたんだって？」

「ええ、まぁ」

「あいつ、自分からってのは初めてだったはずだぞ」

「来る者は選んで、去る者は追わないやつだった。甘い顔して、とことん冷たいんだ。しかも本人には自覚もない」

「そうですか」

「それは想像できます」

一端を垣間見たせいかもしれないが、紗也は思わず頷いてしまった。大勢の「恋人」たちを語るときの様子や、来店した彼女たちへの接し方を見る限り、逸樹は誰に対しても平等だったのだろう。柔らかいな甘さのなかに通り一遍の優しさはあっても、熱や情はなかった。確かに執着などはなかったのだろう。

「学生時代なんか、もっとひどかったぞ。俺のセフレがあいつにマジで惚れちまって、勢いで告白したんだが……あいつ、なんて言ったと思う？」

「さぁ」

素っ気なく返しながら紗也は前方へと視線を投げる。まだ店は見えてこず、進める足は自然と速くなった。

「少しは考えるそぶりを見せろよ」

「当たったら賞金出してくれます？」

「賞金がいいのか」

「いらないものもらっても迷惑なだけなんで」

まして相手は御門なのだから、いらないどころか迷惑なものをくれたり、されたりする可能性もある。そのあたりを見越しての返事だった。

「ドライだな」

「ウエットな部分もありますよ。でも、御門さんに見せる理由はないですから」

「なるほどね」

ふーんと御門は鼻を鳴らす。紗也の反応が、いちいち彼の希望通りにならないことに不満を感じているのかもしれない。

そんなふうに思わせるほど、彼はよくこの手の話をした。現在の恋人にする話ではないと思うのだが、御門に言わせると事実を知っていたほうが後々いいはずだし、なにを聞いても動じないというならば別にいいだろう、ということらしい。

「宮越も君にはウエットな部分を見せるってことか」

「ウエットというか……まぁ、そうですね。乾いてはいないですね」

紗也に向ける感情には熱も湿度もあると思う。暗にそう告げると、御門はまたふーんと鼻を鳴らした。

「ま、それはともかく……話を戻そうか。宮越の返事だ。『僕には彼女がいっぱいいるんだけど、その一人でもいいなら。付き合うのはいいけど、ちゃんと検査してね。あと、ほかの彼女たちとケンカしないでね』みたいな感じだったらしい」

「ああ……」

気の毒すぎて胸が痛むような話だ。突っ込みたいことはありすぎて、学生時代からそんな付き合い方をしていたのかということは、どうでもよくなってしまった。インモラルすぎて、とてもついていけない。

「でも御門さんも似たようなものだったんですよね？　しかも自分から誘っておいて、同じようなことになってたわけですよね？」

「そうなるな」

「二人とも、よくいままで無事でしたね。トラブルになったことなかったんですか？」

「トラブルはあったさ。学生の頃だけどな。相手の女同士でもめたことが何度かあった」

「まぁ、そうでしょうね」

「不思議なことに、互いに相手の女を罵《ののし》るんだよな。俺は責められないんだ。さすがにうんざりして、相手を選ぶようになったけど」

「はぁ……」

やはり紗也に対する言動は冗談まじりなのだろうと納得した。恋人のいる相手に手を出すなど、どう考えてもトラブルの元になる。

これまでのように適当にあしらっていればいいと考えているうちに、ようやく店が見えてきた。窓のシェードはもう上がっており、なかで洸太郎が準備を進めていることがうかがえた。

「今日は洸太郎くんもいるのか」

「ええ」

「彼は俺に厳しいよな。君と宮越を引き合わせたのは彼なんだって？」

「そうなりますね。店長としてスカウトしてくれたので」

最初から「母親」にしようと狙っていたことは言わないことにした。他人に言っても理解はしてもらえないだろうと思ったからだ。

ちょうど店の前まで来ていたので、会話は自然と終わることになった。

「よかったら、どうぞ。おかまいはできませんけど」

「いや、助かるよ」

とりあえず片隅にでも座らせておけばいいだろうと、紗也は住居の入り口から入り、そのまま御門を伴って店へと抜けた。

「ただいま」

「あ、おかえり……」

洸太郎は驚いた顔をし、すぐに警戒心をあらわにした。あからさまな変化に、御門は苦笑をもらしていた。

「開店前に、悪いな。ちょっと早く来すぎちゃって」

「どこで会ったの、紗也」

「あー、スーパーの前」

「待ち伏せかよ……！」

「いやいや、違うって。冷静に考えろ。俺がスーパーに行ったのは、急な思いつきみたいなもんだろ。最初はおまえが行くって言ってたんだし」

「そ……そうだけどさ……」

一応は納得したものの、洸太郎はひどく疑わしげな目を御門に向けた。とりあえずテーブル席を勧めると、座りながら御門は苦笑を浮かべていた。

洸太郎にとっての御門は、以前は逸樹の友人で写真家で同類という程度のものだったらしい。ところが紗也にちょっかいをかけ始めたことで、すっかり敵として認識されたようだ。

「なにもされてないか？　触られたりとか……」

「ないって。外歩いて来たんだぞ。そうそう変なことできるわけねぇだろ」

「けどさ、アグレッシブな節操なしなんて最悪じゃん」

「まぁまぁ」

怪気炎《かいきえん》を上げる洸太郎をなだめすかし、紗也は買ってきた食材をとりあえず店の冷蔵庫に収めた。

食材はすべて家庭用のものだが、ここで席を外して洸太郎と御門を二人だけにするのはどうにも不安だった。トラブルにはならないだろうが、洸太郎が変なことを口走らないかが心配だ。

そんなやりとりをよそに、いつの間にか御門はカメラを撮りだしていて、店内を撮影し始めていた。

テーブルの上や壁の飾り、そしてカウンター奥の壁も写している。当然だが、紗也や洸太郎も写り込んでいた。

「勝手に写すなよ」

「ああごめん。でも人目につくようなところには出さないからさ」

いつものように洸太郎の剣幕をさらりと流し、御門はいったんカメラを下ろした。そうして紗也たちをじっと見つめた。

いやな予感がした。

「うん、二人とも被写体として充分すぎるくらいだよな」

「あ？」

「撮らせてくれよ。洸太郎くんはカフェのイケメン店員！　って感じで。紗也くんは……やっぱり色っぽい感じがいいな」

「ふざけ……っ」

「残念ですけど俺に色気なんてないですよ」

前へと出かけた洸太郎を制し、紗也は笑いながら手を振った。この程度のことはよく言われるので、もう慣れたものだった。

「ご謙遜、だな。最初は色気がないかと思ったんだが、ふとしたときの表情なんか、ドキッとするほど色っぽいときがあるぞ。女の色気とは違うが、充分だな。ま、宮越に可愛がられてるんだから当然といえば当然か」

御門はふたたびカメラをかまえ、レンズを紗也に向ける。途端に洸太郎は目をつり上げて声を荒らげた。

「撮るなって言ってんじゃん！」

「シャッターは押してないだろ。見てるだけだ」

「紗也が減るからやめてくれないかな」

後方からの声に振り返ると、呆れた様子で逸樹が歩いてくるところだった。こういうパターンは最近よくある。下での声を聞きつけて、リビングにいる逸樹が下りてくるのだ。御門もそれを見越して、故意に洸太郎を煽っている節がある。もちろんほかに客がいない閉店間際などに限られることなのだが。

「おはよう」

「とっくに起きてたよ」

「ああ、そうか。ちゃんと朝起きるようにしてるんだっけな」

「一応ね。おかえり、紗也。どこで捕まっちゃったの？」

「同じこと聞くんだな。スーパーの前だよ」

二度目の問いに律儀に答えながら、紗也は開店準備に入る。あと三十分ほどしかないが、すでにほとんどの作業は終わっていた。

逸樹が来たことで紗也は仕事に専念することができた。逸樹が御門に苦言を呈しているのを、耳だけで追った。

「言うだけ無駄だと思うんだけどな」

ぽつりと呟くと、隣でガリガリと豆を挽《ひ》きながら洸太郎は頷いた。そして不満そうに逸樹を見て、口を開く。

「なんかさぁ……逸樹の対応も不満なんだよな」

「ん？」

「だって甘いじゃん。ぬるいっていうか……とにかく、もっとビシッとさ、容赦なく言えばいいと思うんだよ。もう来るな、紗也にちょっかいかけたら縁切るぞ……くらいに」

「来るなとは言ってるけどな」

「本気が感じられない」

「まぁ、友達だし」

彼らのあいだに友情などというものが存在しているかどうか不明だが、気の置けない仲であることは間違いないだろう。

「けど、逸樹があんなんだから、紗也だって遠慮っていうか、強く出られないとこあるわけじゃん」

意外なほどよく見ているものだと思わず感心してしまう。あるいは御門に対し、逸樹よりも冷めた目で見ているからこそその認識なのかもしれない。

紗也は苦笑してしまった。

「態度に出てたか？」

「多少ね」

「逸樹さんだって、そのへん気づいてないっぽいのに、すごいなおまえ」

「いやオレはさ、紗也がちょっかいかけられてる現場、逸樹より見てるから……さすがに、逸樹の前ではあんまりやらないじゃん」

洸太郎は少し早口になり、逸樹をさりげなく庇《かば》った。健気な息子は、母親と父親のあいだに亀裂が生じないように必死らしい。

「そうだな」

「紗也から逸樹に言えば？」

「別にいいよ。面倒くさいけど、困ってはいねえし」

あしらえる程度のことしか言って来ないし、触られると言っても実害はない。この年で、しかも男を知っている身で、服の上から尻を撫でられる程度の行為に対していちいち騒ぐ気もない。まして傷つくようなこともなかった。

「紗也、セクハラ慣れしすぎ」

「そうは言ってもさ、別に脅されるわけじゃねぇし……パワハラとセクハラのコンボに比べたら、どうってことねぇんだよな」

かつての上司に追い詰められていた頃と比べたら、現状のストレスなどはないに等しいほどだ。それよりも、自分が対応を間違えることで、逸樹と御門の友人関係が悪い方向へ変わってしまうことを恐れていた。

わずかな苦みが口のなかに広がる。もちろん錯覚に過ぎないことはわかっていた。

「紗也？」

「あ……ああ、なんでもない。開店前の一杯、いれようか」

今日は四杯分だ、と笑いながら、紗也はコーヒーをいれていく。たちまち店内に広がった香りに気付き、逸樹たちの意識もこちらに向いた。

「御門さんからは、お代をいただこうかな」

にっこりと笑ってそう言うと、御門は肩を竦めながらも屈託のない笑みを浮かべた。

逸樹の機嫌があまりよくないのは、開店前から気づいてはいた。だがゆっくり話す間もなく一日が過ぎ、時計の針は十時近くになっていた。

二階の自宅部分には、三人それぞれの部屋があるが、紗也は逸樹の部屋で眠ることが多い。それを逸樹が望んでいるというのも理由だが、不思議とよく眠れるというのも紗也が素直に部屋を訪れる理由だった。

ベッドに入って本を読んでいると、風呂から上がった逸樹が戻ってきた。

春も盛りを過ぎ、そろそろ初夏の気配も感じつつあるとはいえ、夜ともなれば冷えるものだ。なのに逸樹は上半身が裸のままだった。髪だって濡れている。

「……なんなの、兄弟揃ってさぁ。ほら、ここ座って」

本を閉じてベッドから出た紗也は、洗面所からドライヤーを持ってきて、逸樹の髪に温風を当てた。いつもなら言うはずの文句を口にしなかったのは、逸樹の機嫌が悪いことを気にしているためだ。いや、悪いというよりは、拗ねているというほうが正しいようだが。

手触りのいい髪に指を通し、紗也はドライヤーのスイッチを切る。

さて、どうしたものか。このままだとなし崩しに押し倒され、貪られるのがオチだが、それでは根本的な解決にはならないだろう。ドライヤーを元の場所へ戻して寝室に戻るあいだに、どう切り出そうかと考え、結局はストレートにぶつけることに決めた。

(原因も、あっち方面だろうしな……)

脳裏には原因だろう男の顔が浮かんでいた。細かい理由までは絞れないが、御門絡みなことは間違いない。

「で、なんでそんな鬱陶しいオーラ出してんの？　御門さんが元凶だとは思うけど、心当たりありすぎて絞れねぇんだよね」

「鬱陶しいって……怖いとかじゃなく？」

「怖くはねぇよ」

手を握られてしまったが、振りほどく理由はない。紗也はふうと息をついて、逸樹の肩に軽く顎を乗せた。

「紗也、それ可愛い」

「そうか？　で、理由はなんだって？」

さらっと流して先を促すと、逸樹は少し黙り込み、まじまじと紗也の顔を見つめる。言葉を探しているようだった。

繋《つな》いでいないほうの手が伸びてきて、髪をいじるようにして触れる。紗也はされるまま、じっとしていた。

「いくつかあるんだけど……」

「うん。じゃあまず一つ目」

「……紗也は、寛容だよね」

「は？」

「御門にも僕にも問題あるのに、怒らないし」

「いや、だって怒るほどのことされてねぇもん。恋人の前で、過去のこと暴露すんのは悪趣味だと思うけどさ」

ただし嘘は一つも言っていないし、誇張もしていないらしい。これは逸樹も認めた上で、あらためて紗也に過去のことだと強調していた。

「無神経だって抗議したんだけどね、御門には理解できないんだよ」

「まぁ……悪意はないみたいだよな」

「ないだろうね。僕もだけど、悪感情を抱いてる相手なんか、冗談でも口説いたりは出来ないよ。愛想よくすることは出来てもね。単純にそんなことしたくないっていうのもあるし、後で面倒なことになるっていうのも大きいし」

「ああ……」

それ以上説明されなくても、なんとなく理解した。ようするに彼らが口説くと高確率で相手が落ちるから、迂闊《うかつ》にその気のない相手を誘ったりはしないというわけだ。さらりとそれを告げるあたり、誇張された話でもないのだろう。容姿がいいというだけでは無理だろうから、きっと彼らは自分に落ちそうな相手を嗅ぎ分ける能力があり、なおかつ相手を落とすテクニックのようなものを持っているのだ。

「御門は僕よりそのあたりの許容は狭いんだよ。好みじゃない相手には、愛想笑いもしないし」

「まぁ、らしいと言えばらしいような……。もしかして俺って試されてんのかな、って思ったりもしてたんだけどさ」

「試す？」

「うん。親友の恋人にふさわしいかどうか、って」

「それはないと思うよ。それに親友っていうのは違う気がするんだよね。ちゃんと話をしたのなんて、一番最初に会ったときだけだったし」

「え？」

目を丸くする紗也に、逸樹は少しだけ困ったように笑った。

「それどころか、こんなに頻繁に会うのなんて初めてだよ。いままでは年に一度、会うか会わないかだったし、メールだってせいぜい半年に一度だよ。電話では話したこともないしね」

「わりとあることじゃねぇ？　俺だってたまにしか会わない友達はいるよ。でも会えば、ずっと一緒にいるみたいな空気になれるし」

「そういうのとは、たぶん違うんだよね。さっき言った通り、学生時代にも付き合いはほとんどなかったんだ。当時は大学でみかけることも多かったけど、二人だけで会ったり話したりしたこともなかったし」

週に何度も会い、うんざりするほど言葉を交わしている現状が、きわめて異常なのだと逸樹は苦笑した。ちなみにかつては互いの動向を、セフレたちを通してときどき耳にしていたという。

「そんなふうには見えなかったけど……」

「うーん……うまく説明できないんだけどね、初めて会ったときに、いろいろな部分で似てるっていうか、重なる部分が多いなって感じたのは確か。価値観や感性が、特にね」

「魂の双子、みたいな？」

「近い感覚はあったね。だから余計に距離を置いてた部分もあったと思う。わかりすぎて、いやだったんだよ」

「つまり、逆にいえば理解しあってたってこと？」

「うーん……理解だったのかどうかは、いまとなってはあやしいけどね。自分と同じはずって、思い込んでただけかもしれない。いまは確実に、ズレてるし」

「逸樹さんの価値観が変わったからか」

「価値観っていうか、恋愛観ね。僕がこんなふうになるなんて、自分だって驚いてるんだから、御門が信じられないのも当然なんだよ」

逸樹はすでに諦めているような、さじを投げているような雰囲気だ。理解を得ようと言葉を尽くしたのだろうが、望ましい変化は見えないのだろう。

御門への対応が手ぬるいように見えたのは、彼らの関係性も影響していたらしい。友人だから甘くなっているだけではなかったのだ。

「うーん……でも、信頼みたいのはあるんだよな？」

「一応ね。紗也も、僕の友人だから……って、仕方なく受け入れてる部分あるわけでしょ？」

「うん、まぁ……」

気付いていたのかと意外に思いつつも、余計なことは言わずに言葉の続きを待った。

「紗也が揺らがないでいてくれるのは嬉しいけど……ちょっと複雑なんだよ。僕が鬱陶《うっとう》しかった理由はそこ」

「複雑ってなにが？」

「おとなの対応しすぎだよ。もっと御門に冷たくしていいんだよ？　むしろ嫌悪感丸出しにして欲しいくらい」

「いやいや」

「紗也、冷静すぎ」

「自分にできないこと、人に期待すんなよ。あんたこそ、恋人がほかの男にちょっかい出されてるのに怒らないじゃん……」

言ってしまってから、紗也ははっとした。

自分で口にした言葉に、誰よりも紗也自身が驚いてしまった。不満なんて抱いていないと思っていたが、案外そうでもなかったらしい。

バツが悪くなって視線をそらすと、次の瞬間には力強く抱きしめられていた。抱きつかれたといったほうが正しい勢いだった。

「ちょっ……」

「ごめん」

肩口に顔を埋め、逸樹はくぐもった声で呟いた。

「いいよ。俺にもいろいろ、個人的な感情があるし……」

「個人的？　なに、聞かせて」

少し身体を離してまっすぐに見つめられ、紗也は戸惑いながらも頷いた。

「あー……うん。自分の苦い経験っていうか……恋愛がらみで、友達とぎくしゃくしちゃったことがあったからさ」

幼稚園のときからの付き合いだった幼なじみは、大学のときまでは誰よりも親しい、気の置けない友人だったが、二十歳を迎えた頃にその関係は変わってしまった。

「友達の彼女が、俺のことを煙たがるっていうか……目障りだったみたいでさ。たとえば彼女がデートしたいって思ったときに俺との先約があると、友達はデートを断ってたんだよ。もちろん別の日を提示するんだけど、彼女は納得しなくてさ」

先に約束していたのだから仕方ないだろうと紗也は思うのだが、彼女は恋人を優先させて当然という考えだった。

「友達が紗也を優先してたのは毎回？」

「いや、最初だけ。俺から見たら充分に彼女を優先してたけどね。友達は高校のときから彼女のことが好きで、三年かけてやっと付き合うまでいったんだよ」

「彼女はもてる子だったの？」

「かなり。学校で一番人気だったんじゃねぇかな。いい評判しか聞かなかったんだけど、俺の友達と付き合ってからは、いろいろアレだった」

とにかく嫉妬深くて、閉口した記憶しかないのだ。幼なじみに電話してきたときに、紗也が一緒にいると知れば機嫌が悪くなり、幼なじみは彼女を宥《なだ》めるのに必死だった。付き合いの長さも家の近さも、果ては紗也の容姿さえも、彼女にとっては気に障ることだったらしい。実際、一緒にいる時間は紗也のほうが長かった。これは家の近さや、紗也の家庭の事情、そして同じ大学の同じ学部に進んだという事情からして仕方ないことだったのだが。

「自分と俺と、どっちが大事なのか……みたいなことも、よく訊かれてたらしいよ」

「うーん、僕は無理なタイプだな」

「だろうね。俺も無理だけど、友達はそんなとこも可愛いってデレデレだったよ。彼女がそんな反応だから、ヤキモチ妬かせたくてわざと俺の話をしたり、してもいない約束ちらつかせたりしてたみたいだし」

「いい迷惑だなぁ」

「まぁ……少しね」

呟く逸樹の顔を見て、紗也は苦笑した。口にこそ出さないものの、彼が幼なじみに対してどう思っているのかは想像が付いた。故意に嫉妬させようとしたり、友達をダシに使ったりというやり方に、いい感情はないのだろう。当時の紗也も、そのやり方はどうかと苦言を呈したものだったが、幼なじみはそうすることで不安を解消するしかなかったようだ。

「おかげで会うたびに睨まれたり、隠れて嫌みを言われたりしてたよ。遠まわしに、空気読めとか図々しいとかね。そのうち、男同士でベタベタして気持ち悪いとか言い出してさ。別に普通だったけどね。スキンシップとかないほうだったし」

「それって、紗也がきれいだから焦ったんじゃないかな。可愛い子だって言ってたけど、紗也とどっちが美人だったの？」

予想外のことを言われ、紗也は呆気にとられた。自分のなにがそんなに気に障ったのかとさんざん考えてみたが、容姿のことは頭を掠《かす》めもしなかったからだ。

「いや……なんで、俺と比較？」

「彼氏の近くにこんな美人がいて、自分より仲よさそうにしてたら、気にするかもしれないよ」

「なんでライバル認定されなきゃいけないんだよ。別に俺も友達も、互いのことなんとも思ってなかったぞ」

見飽きるくらい一緒にいたせいか、相手の造作など気にしたことはなかったし、言及したこともなかった。向こうもそうだっただろう。

「彼女だって、君たちの関係を疑ってたわけじゃないと思うよ。彼氏の隣に、美人でハイスペックな紗也がいるっていうのが、いやだったんじゃないかな。男同士の結びつきみたいなのを羨ましがる女性って、わりといるしね」

「大した結びつきじゃなかったのにな」

紗也は小さく溜め息を付いた。幼なじみがあの彼女と付き合った半年間は、紗也の人生にも多少の影響を与えたのだ。

彼女は幼なじみに、いろいろなことを吹き込んだらしい。すべてを知っているわけではないが、紗也のことを同性愛者ではないかと疑ったり、あまりベタベタしないほうがいいと提言したりしていたようだ。

「いまじゃシャレにならないけど、あの頃は男なんて考えたこともなかったし、彼女だっていたことあったんだけどな。ちょうどそのときは、いなかっただけで」

「幼なじみだって、彼女いたりしたことは知ってたわけでしょ？」

「うん。でも急によそよそしくなったんだよ。ちょっと彼女に言われたくらいで、態度変えんなっての。十何年も付き合ってきたのに、なんだよって思ったね」

彼女に遠慮して遊ぶ機会や連絡する回数を控えたというのならば、まだわかる。だが幼なじみは、あからさまによそよそしくなり、視線すらあわせなくなったのだ。それは幼なじみが彼女と別れてからも元に戻ることはなかった。向こうもバツが悪かったのかもしれないし、紗也も以前のように幼なじみと付き合う気にはなれなくなっていた。

「いまでも、たまに会ったりはするけど……向こうの親が俺のこと気に入ってるって理由なんだよな。疎遠になったのは就職したせいだと思ってるみたいだし」

「それ……紗也のこと意識しちゃったせいじゃない？」

「は？」

「彼女に言われたことで、恋愛対象としてありだ、ってことに気づいちゃった……とか。実際に好きになったとは思わないけど、一度でもそう見ちゃったから後ろめたいってのはありかもね」

「なるほど……それは考えたことなかったな」

その見解が正しいか間違っているかはともかく、幼なじみには幼なじみの事情なり都合はあったのだろう。ただ紗也には、出来た距離を縮める気はなかった。

「ま、当たり障りのない付き合いでいいって、俺のなかで完結しちゃってるからな。思い出すと、やっぱ苦いんだけど」

「だから、僕と御門のことも……？」

「あー……うん。友達の関係に、恋人が口出すのは、よくねぇかなと思って。っていうか、あの彼女と同じことはしたくねぇんだよな」

「別に同じじゃないでしょ。紗也はちょっかい出されてるんだし、僕と御門はそれほど仲がいいってわけじゃない」

「まぁそうなんだけどさ。具体的な行動って思いつかないんだよな」

「紗也はいまのままでいいよ。でもいやなことは、はっきりそう言って」

「わかった」

大きく頷き、いつの間にか握られていた手に目を落とした。逸樹の長くてきれいな指が、絡めるようにして手を握り直して来た。

「もう少ししたら、ちゃんと決着つけるから。いまはちょっとタイミングが悪くてね」

「なんの？」

「実は前からの約束で、写真撮らせることになってたんだよ」

「それって逸樹さんの写真？」

「うん。以前から御門が出したがってる写真集があってね。テーマは働く人、とでも言うのかな。とにかくいろんな職業の人が仕事をしているところを撮りたいらしいんだ。僕はそのなかの一人というわけ」

約束自体は数年前からしていたらしいが、最近になってようやく始動したという。どこでいつ写真集を出すのかという具体的な話は聞いておらず、果たして決定しているのか、とりあえず撮りだめしておくという方針なのかも聞いていないようだ。

「なんか、真面目そうなテーマだな」

「うん。だから、協力する気になったんだけどね。とりあえずそれが終わるまで待ってくれる？」

「いいけど、撮影ってやっぱうちですんの？」

「どうしようかな……そのへんは、ある程度こっちの言い分が通りそうだけど……。ああ、マンション売らなきゃよかった。軽井沢か房総でやることにしようかな。なんとなく、そのほうが雰囲気出そうじゃない？」

「まぁ、そうかも」

写真でしか見たことはないが、軽井沢の別荘は北欧スタイルのログハウスで、窓から森が見える部屋をアトリエにしている。ファンが抱く〈ほしやまいつき〉のイメージにはぴったりだろう。場所など選ばない雰囲気のある男ではあるが、背景はいいに越したことはない。

「撮るとしたら……」

逸樹の視線がサイドテーブル上のカレンダーへと向けられる。卓上のミニサイズカレンダーは逸樹のグッズで、店でも売っているものだ。季節商品ではあるが。

数字を見つめていたかと思ったら、逸樹は小さく舌打ちした。

「え、なに？」

「忘れてた、展示会があるんだった」

「ああ……うん。来月やるってやつだろ」

去年のうちに聞いている話だった。都内の百貨店で行われるもので、原画や絵本のほか、本人やアトリエの写真も展示されることになっている。さらに絵本や版画、ぬいぐるみやポストカードなどのグッズ類も販売し、期間中の日曜日には逸樹自身が出向く予定だという。絵本を買えばサインが、そしてシルクスクリーンやジクレーなどの額装された絵を買えば、個別にメッセージ入りのサインがもらえる上、写真撮影もしてもらえるのだ。

果たして何人が買うのか、紗也は想像もできない。百貨店で用意するのはエディションナンバー入りの版画ばかりなので、最も安いものでも一万円前後はするはずなのだ。

「気合い入ってるよな」

「無駄にね。ま、あそこは改装したばかりだし、しばらくのあいだは派手にいろいろとやるつもりみたいだよ。物産展にも力入れてるし」

「なんかデパートって、いつもアート系のなにかやってるよな。俺は北海道物産展とか駅弁フェアのほうが燃えるけど」

「まぁ、大抵はそうじゃないかな」

くすりと笑い、逸樹は紗也の頬に手を寄せた。

軽いキスが落ち、ようやくいつもの雰囲気になる。少しばかり単調で緩く、たまに深刻ではないスリルが味わえる関係は、思いのほか心地よくて離れがたかった。

そう広くはない控え室の片隅で、紗也は人知れず溜め息をついた。

どうして自分がこんなところにいるのか、自分でもよくわからないのだ。とにかく気がついたら、こちらに向かっていたというほかない。

控え室はそう広くはないものの予想外にきれいで、中央には応接セットが置いてあり、片隅には簡易キッチンもあった。催事場と同じフロアにあるのは、今回のような目的のために作られたからだろう。商談にも使うのかもしれないが。

「なんで俺までいんの……」

百貨店側のスタッフはコーヒーを出して下がっていき、たったいま逸樹の担当も出て行ったので、ここには紗也と逸樹だけだった。

「せっかくだから、と思って」

「いや、意味わかんねぇよ。せっかくだからってなに」

気だるさに嘆息をもらし、出してもらったコーヒーに口をつけたが、正直美味いとは思えなかった。

それでも喉の渇きは癒やされた。

「はい、あーん」

反射的に口を開けると、テーブルの上に用意されていた菓子が放り込まれた。一口サイズの茶菓子で、バターの香りが鼻に抜けていく。

今日初めて口にした固形物だ。なにしろ寝ぼけているあいだに連れ出されたのだ。無理に起こされて着替えさせられ、最低限の準備だけでタクシーに乗せられてしまった。意識がはっきりしたのは、車が走り出してからだった。

寝起きはそれほど悪くないほうだが、睡眠時間が足りないときはその限りではない。昨夜は眠ったのが遅かった上、非常に疲れていたので、なかなか覚醒しなかったようだ。

「甘いけど、美味い」

「もうすぐサンドイッチが来るから、待ってて。斉藤《さいとう》さんが、地下で買ってきてくれるって」

「え……だから出てったのか？」

人の良さそうな出版社の編集担当の顔を思い出し、ひどく申し訳ない気分になる。何度か会ったことがある斉藤は、いつもにこやかな笑みを浮かべている人で、ただの店長に過ぎない紗也に対しても愛想よく笑いかけてくれる。年は確か逸樹と同じくらいのはずだ。勝手に来た人間――連れてこられたのだが――の軽食を買いに行かされたなんて、気の毒に思うどころか深々と頭を下げたくなる。戻ってきたら、平身低頭して謝らねばならないだろう。

はぁ、と溜め息をついていると、逸樹は宥めるように軽く肩を叩いた。

「大丈夫だよ。心細いから、付き添い頼んだ……って言ってあるし」

「むしろ大丈夫なのか、それ」

この年で付き添いが必要だなどと言って、周囲に引かれないものかと心配したが、作風のせいか特になんとも思われていないようだ。紗也が〈しゅえっと〉の店長を務めていて、逸樹のファンにも顔が知られているというのも大きいようだ。つまり今日は、担当とともに逸樹の傍らで補助役を求められているのだった。

展示会そのものは数日前から始まっていて、なかなかの評判だという。入場料は取っていないので、百貨店内に貼った案内ポスターに釣られて買い物客が見に来ているらしい。ポスターに絵だけでなく逸樹の顔を載せたあたり、百貨店側は客の求めるものがなにかわかっているようだ。

「たぶん常連さんたちも来てくれると思うから、紗也がいたら喜ぶんじゃないかな」

「そんなわけあるかよ」

「ご謙遜。確かに僕のファンなんだろうけど、個人的な好意は紗也に向けてるって子たちもいるはずだよ。ファンになるのと恋愛対象は違うし、身近なアイドル感覚で美人店長さんに憧れてるケースもあるだろうし。現に紗也を追っかけて来た客もいたじゃないか」

「まぁ……いたけど」

以前の職場で紗也を熱烈に支持していた客が、〈しゅえっと〉での勤務をつき止めて来たことがあったのだ。ほしやまいつきがオーナーの店として雑誌に取り上げられたことは何度かあるが、紗也は顔も名前も出さないようにしていたので、その客の顔を見たときは心底驚いたものだった。

「けどさぁ、客は来るかもしれねぇけど、絵本とか版画とかどれくらい売れるんだ？　サインと写真って言ったたって、店に来て運がよければもらえるし、写真も撮れるだろ？」

「運がよければね。最近は滅多に出ないし、レアじゃない？」

一日に最低一回は客に逸樹の来店予定を聞かれる毎日だが、二階にいることは意外に知られていないのだ。住居の出入り口には表札を出していないので、客たちは一階店舗をテナントとして借りていると思っているようだ。

「どうせなら洸太郎もつれて来ればよかったのに」

「友達と映画見に行く約束したんだって」

「ふーん」

冷めかけたコーヒーに手を伸ばそうとしたところで、担当の斉藤が戻ってきた。手には紗也でも知っているベーカリーの袋を持っていた。

「おまたせしてすみません」

「と、とんでもないです……！　こちらこそ、申し訳ありませんでした」

紗也は慌てて立ち上がって頭を下げた。恐縮しつつ袋を受け取ると、中身は逸樹が言った通りのサンドイッチだったが、その量はかなり多かった。少ないよりはと思ったのだろうが、店にあった全種類を買ったとしか思えなかった。

「どうぞ召し上がってください。コーヒーのおかわり、もらって来ましょうか」

「大丈夫です。ありがとうございます」

半分ほど残っていたコーヒーを飲みながら、サンドイッチをいくつか口にした。さすがにすべては食べきれなかったが、そこそこの量は胃に収めた。せっかく買ってきてもらったものだし、空腹状態では客の前でみっともなく腹を鳴らすはめになるかもしれないからだ。

食べながら、目の前で交わされる会話を聞くとはなしに聞いていた。

今日のために新たに用意した版画――ジクレーは二種類あり、小さいものが一万五千円、大きいものが四万五千円となっており、今回の会場で購入可能なのはエディションナンバーが若いものばかりだ。紗也からすれば、三〇〇分の一だろうが二〇〇だろうが変わらないと思うのだが、人によってはそうでもないらしい。ついでにいえば、何万も出して版画を買う気持ちもわからないのだ。紗也自身はアートポスターのような、安い印刷で充分に思えるからだ。

（まー、今回は目の前でサイン入れてくれるから違うんだろうけど……）

すでに版画は十数枚売れているそうだ。なかにはそのまま郵送を希望した者もいたようだが、ほとんどは今日ふたたび訪れて逸樹にサインをもらい、写真を撮ることを望んだという。

もぐもぐと咀嚼《そしゃく》していると、ふと思い出したというように斉藤が逸樹に話しかけた。

「そういえば、もうすぐカメラマンの方が到着するそうですよ」

「カメラマン？　それは購入特典の写真の話かな」

「ええ」

「わざわざプロを呼んだの？　スタッフの誰かがやるものだと思ってたよ」

「わたしもそう思っていたんですが……」

多少は戸惑いつつも、斉藤はさほど気にしていない様子だった。百貨店側が用意したのだし、自分の腹は痛まないのでどうでもいいということだろう。

その時点では、紗也もさほど気にしていなかった。ただ逸樹だけが、なにか考えるように黙り込んでいた。

「どうかした……」

問いかけようとした言葉は、ノックの音によって飲み込むことになった。斉藤の返事を受けて開いたドアからは、先ほど挨拶してくれた担当社員が現れた。

そしてその後ろには、なぜか御門が立っていたのだ。

唖然とする紗也の隣で、逸樹は小さく――紗也にしか聞こえないくらいに本当に小さく舌打ちをした。斉藤にすら聞こえていなかったはずだが、その瞬間に御門の目元がわずかに笑みを作ったような気がした。

「少々よろしいでしょうか」

「あ、はい」

「カメラマンの方をご紹介しようと思いまして……どうぞ」

担当者の一人である女性社員は、背後に控えていた御門を部屋に通し、ドアを閉めた。微妙な空気が流れ始めていることには気づいていないようだったが、斉藤はすでに怪訝《けげん》そうに逸樹と紗也をちらちらと見ていた。

「こちら、プロカメラマンの御門紀彦先生です。芸能人の写真集もたくさん手がけていらっしゃるので、ご存じかもしれませんが……」

「ええ、よーく存じあげていますよ」

逸樹はにっこりと笑ってから、ふっと息を吐いた。たいして驚いていない様子といい、先ほどの沈黙といい、彼は薄々感づいていたのかもしれなかった。

「ですよね、有名な方ですものね。あ、こちらは本日の……」

「知ってますよ」

声を弾《はず》ませて逸樹の紹介をしようとした社員は、御門の指先で唇を軽く押さえられ、真っ赤になって黙り込んだ。笑顔まで浮かべているのだから、言葉もなくそうというものだ。

逸樹は平然とそれを見ているが、斉藤は啞然としている。そして紗也は心の底から納得していた。

（なるほど、タラシだわ……）

担当の女性社員は派手さはないものの知的な雰囲気の美人だから、御門の好みの範疇《はんちゅう》だったのだろう。

「友人ですから」

視線を逸樹に移して御門はあっさりとそう告げた。隠し通す気はなかったようだが、状況を考えるとここへ来るまでは口をつぐんでいたようだ。

すぐさま反応したのは斉藤だった。

「そ……そうなんですか？」

「不本意ながらね。驚いた、いつそんな話に？」

「いつだったかな。ギリギリまで来られるかどうか微妙なところだったから、黙っていてもらったんだよ。今回はオファーを受けたわけじゃなくて、俺から頼んだしな。例の写真集の一環で、今日の様子も撮りたくてさ」

聞きながら嘘だろうと思ったが、斉藤や女性社員は疑いもしていないようだった。もっともらしい話をしているが、本当のところは逸樹の妨害を受けないためだろう。

「へぇ……」

「たまたまここの販売促進部に知り合いがいてな」

「それはまた都合がいいことで」

ぼそりと呟いた声は紗也の耳にしか届かなかった。

ようやく我に返った女性社員は、まだ頬の赤みを残しながらも御門に席を勧め、コーヒーを用意すると言って出て行った。

「まぁ、そんなわけだから今日はよろしく」

「こちらこそ」

白々しいやりとりだが、斉藤は微笑ましげに見守っている。やがて彼は名刺を取り出し、御門に挨拶をした。

斉藤が勤める会社――逸樹の絵本などの版元はオリーブ書房といい、児童書を中心に図鑑やカレンダーなどを出しているから、写真家の需要もあるのかもしれない。

「ちょっと会場を見ましたけど、にぎわってましたね」

「おかげさまで。ほしやま先生がいらっしゃるとなると、やはり違うみたいですね」

逸樹は午後一時から顔を出すことになっているが、客は午前中から訪れており、展示物を見たりグッズを買ったり、あるいは百貨店内で食事や買いものをしたりと、まずまず狙い通りの動きを見せているようだ。

ちなみに逸樹が会場にいるのは三時間ほど、ということになっている。

しばらく斉藤と談笑していた御門は、ふいに逸樹を見やった。

「そうだ。花も贈っといたから」

「それはご丁寧にどーも」

「胡蝶蘭の鉢植えにしようかなとも思ったんだが、持ち帰ってもいいようにアレンジにしたよ。相当ファンシーなやつ」

「店に置くにはいいかもね」

「だってさ、紗也くん」

視線とともに声をかけられ、紗也は曖昧に返事をした。どうやら紗也と面識があることも隠す気はないようだった。

「わたしも見ましたけど、すごい数の花でしたよ。さすがに初日の切り花は、明後日まで保たないと思いますけど、状態のいいものは届けてくださるそうです」

「じゃあ全部店によろしくお願いします」

どちらも同じだが、基本的に花は店に飾ることにしたいようだ。正確な数は知らないので、場合によっては自宅にということにもなりそうだが。

それから間もなくして女性社員が人数分のコーヒーを手に戻ってきて、少しのあいだ軽い打ち合わせをした。会場には百貨店と出版社の社員が何人かずつ入っていて、勝手に撮影しようとする者を注意することになっているようだ。購入者との写真撮影は、衝立《ついたて》の向こうで個別に行うという。

「じゃ、そろそろ俺は会場に行ってようかな」

御門は立ち上がり、部屋の片隅に置いた機材を持って出て行った。女性社員が付き添おうとしたが、大丈夫だと手で制していた。

ドアが閉まると、斉藤は逸樹に目を戻して微笑んだ。

「いや、驚きました。まさかお知り合いだったとは……」

「大学が同じだったんですよ」

「そうでしたか。あちらの……御門さんも、イケメンですよね。今日のお客さんは得ですね」

斉藤は紗也まで見ながらのんびりと意見を述べて笑うと、女性社員が大きく頷いた。

「本当に。店長さんもイケメンですもんね」

にこにこと笑う女性社員の言葉に嘘はないだろうが、熱っぽさはまったく感じない。あくまで客観的な感想なのだろう。

逸樹が腕時計で時間を確かめると、そろそろという声が上がった。定時の五分ほど前だが、かならずしもぴったりに行く必要はないという。

「では、行きましょうか」

女性社員を先頭に逸樹が歩き、その後ろを紗也と斉藤が歩いた。

自分のことでもないのに緊張してしまう。今日の主役である逸樹は、いつもとまったく変わらない様子だった。

会場はこの百貨店の催事フロアにある、美術関係の展示専用のスペースだ。ここでは常に、なにかしらの展示をしているのだ。

逸樹が姿を見せると、黄色い声があちこちから上がった。なかには気付かずに御門をうっとりと眺めていた客もいたが、歓声に我に返り、逸樹に視線を向けてきた。あまりにも逸樹が華やかで目立つので、後ろにいる紗也に目を向ける者はほとんどいない。

(作家に対して上げる声じゃねぇよなぁ……)

予想はしていたが、やはり呆れてしまう。ほしやまいつきファンの半数以上は本人の顔目当てと言われてしまうのも仕方ないと思った。

聞いていた通り花も相当数ある。企業だけでなく個人からのものもあり、なかにはファン一同という花もあった。

会場は思ったよりも狭く、テニスコートよりひとまわり大きい程度だ。客の入りはいいようだが、作品が見づらいほど混んでいるわけでもない。これで大丈夫なのかと心配していると、斉藤がそっと教えてくれた。

「購入された方は、外で並んでいるそうですよ」

「ああ……そうなんですか」

並ばなくても時間内ならば問題はないのにもう数十人が順番待ちをしているという。きっと先ほどの歓声を聞き、胸を高鳴らせているに違いなかった。あるいは早くして欲しいとヤキモキしているかもしれないが。

逸樹が用意された机の前に移動すると、客の視線もついていく。壇はないが、長身の逸樹はそんなものがなくても会場中から見えていた。

ざわめきのなか、シャッター音が響いた。カメラをかまえているときの彼は文句のつけようもないほど男前で、逸樹に見とれつつ御門を気にしている客もちらほらいた。

紹介され、簡単な挨拶をする逸樹は、柔らかな笑みをたたえているせいか、どこからどう見ても貴公子といった雰囲気だ。なにが始まったのかと覗きに来た買い物客も、思わず足を止めたり、なかに入ってきたりしている。会場も徐々に過密状態になってきていた。

「すごいなぁ、やっぱり」

「いつもこんな感じですか？」

「ええ。子連れの方は少ないですねぇ……いても、メインはお母さんの場合がほとんどです」

「ああ……子供をダシに……」

小声でぼそりと呟いたことは、幸い周囲には聞こえなかったようだ。ほぼ女性客で埋め尽くされた会場は異様な熱気に包まれていて、正直少し怖かった。

さりげなく見まわし、顔見知りを発見して思わず安心してしまう。〈しゅえっと〉の常連客の顔で安心する日が来ようとは思っていなかった。

（うん、比較的テンション普通だ。慣れか、やっぱ）

見知った顔は、いずれも落ち着いた雰囲気だ。嬉しそうに逸樹を見つめているが、そのくらいだ。店にいるときとそう変わらない。

逸樹が着席して購入者へのサービスが始まると、逸樹にのみ集中していた視線がばらつき始める。そこでようやく紗也の存在に気付いた者がいた。

「店長さん」

満面の笑みを浮かべて近寄ってきたのは開店当初から来ている常連の一人だ。紗也と同じくらいの年で、明らかに逸樹自身のファンという人だったが、店で何点かグッズを購入したことはあったはずだ。いまでも週に一度は顔を出している。

「こんにちは」

「今日はマネージャー役？」

「ただの付き添いです。別にやることもないんですよ」

三時間もどうしたものかと困っているくらいだった。逸樹は途中で抜けて控え室で休んでいればいいと言っていたが、それもどうかと思っている。それではサンドイッチを食べに来ただけになってしまう。

「ねぇ、あのカメラマンの人って、お店にも来たことあるよね？」

「ええ。いつき先生のご友人なので」

「え、そうなの？　美形の友達が美形って、すごいね。店長さんもだし、洸太郎くんもめっちゃ格好いいよね。あ、今日は洸太郎くんは来てないの？」

「用事があるらしくて」

常連客たちは洸太郎が逸樹の弟であることも知っているし、誰も話していないのに逸樹が父親代わりだということも把握している。洸太郎の子供時代を知る誰かが話したことが、ファンのあいだで広まったようだった。

「そっか。勢揃いしたところ見たかったんだけどな。美形が四人とか、すごいお得感」

同じようなことをついさっきも聞いたなと、紗也は密かに苦笑した。すでに常連客の意識は逸樹に戻っていて、間もなく列に並ぶために外へと出て行った。新作の絵本は購入ずみだったらしい。

紗也のところには、それからも顔見知りが寄ってきて、話し込んで帰って行った。店よりもたくさん話せたと喜ぶ者もいた。

誰彼なく話しかけて来るようなら逃げていたが、さすがにそれはなかった。スーツ姿ではないのが幸いしたのだろう。もしスタッフだと思われたら面倒なことになっていた可能性が高い。現に斉藤は年配の客に捕まり、いろいろと説明を求められていた。

「ひま……」

話しかけて来る相手もいないし、斉藤は年配客に版画の説明をしていて忙しそうだ。ならば少し展示物でも見てまわろうと、隅っこから離れてガラスケース内の原画を眺めた。

逸樹の作品によく登場するキャラクター・フクロウを描いたものだ。暖色系でまとめられた作品で、紗也も好きな一枚だった。どれを出そうかと相談されたときに、これを迷わず挙げたのだった。

「目立ってるぞ」

「は……？」

顔を上げると、真横には御門が立っていた。

「男の客は、いやでも目立つ」

「……あんたほどじゃないですよ」

カメラを手にしているから一目で客ではないことはわかるだろうが、それは目立たないことの理由にはならない。現にいまも視線は集まってきていた。逸樹を知らない客にとっては、座っていて目に付きにくい逸樹より、長身で歩きまわっている御門のほうが目に入るのだ。

「いいんですか、あっちにいなくて」

すぐ戻れる距離ではあるが、一応訊いてみる。すると御門は涼しい顔で、ちらりとサイン待ちの列に目をやった。

「しばらくは絵本購入の客が続くらしい。版画組までは、五分くらいかかるな」

「そうですか」

「宮越のファンはすごいな。噂には聞いていたが、初めて見たよ」

「あんたの顔知ってるお客がいましたよ、さっき」

「店の客も来てるわけか」

「もともとファンだから来てるわけだし」

「それもそうか」

御門が朗らかに笑うと、遠巻きに見ていた客たちが色めき立った。逸樹の視線も感じたが、あえてそちらは見ないようにした。衆人環視のなかでへたなことはできないし、逸樹だって気取られるような真似はしないだろう。

「ひとつ訊きたいんですけど」

「うん？」

「今回のこと、どこまでが『たまたま』なんですか？　ここの社員と本当に知り合いだったのか、今日のために落としたのか……」

「どっちだろうと別にいいじゃないか。手間が一つ増えたか増えないかの差だろ」

「……なるほど」

ようするにプロセスなど知ったところで意味はないということだ。御門がカメラマン役に収まるために積極的に動いたことには変わりない。その目的が写真集のためだけなのか、別の意図があるのかは不明だが。

疑いの念を抱いていると、隣からくすりと笑い声がした。

「かなり警戒してるな」

「そりゃするでしょう。どう考えたって、いろいろと怪しいし」

「なに企んでるんだ……って？　確かに目的は一つじゃないな。ここでの個展も狙ってるし、オリーブ書房と仕事ができれば、とも思ってる」

「貪欲ですね」

「仕事も恋愛も、それが信条。食虫植物みたいな逸樹とは違って、俺は走りまわって捕食するタイプなんだ」

さもありなん、だ。逸樹が食虫植物かどうかはともかく、御門が実に行動的な肉食系だということは実感としてわかる。隠そうともしない爪は美しく磨かれていて、それ自体が魅力になるよう計算されているのだ。

彼と長く話していると疲れるのは、その爪が目についで仕方ないせいかもしれない。

どうしたものかと言葉とタイミングを探していると、百貨店側のスタッフが近づき、おずおずと声をかけた。

「お話中にすみません。ほしやま先生が、手伝って欲しいとおっしゃっていて……」

「は……あ、はい」

なにを手伝うのかわからないまま返事をし、御門を置いて逸樹の元へ向かった。突然逸樹の横に立った紗也に、いくつもの視線が集まったが、見られること自体には慣れているので、営業用の笑みを保ち続ける。

「なにをお手伝いすればいいですか？」

「……とりあえず、本を袋に入れてあげて」

「はぁ……」

サインずみの本を専用の袋に入れて手渡すだけの作業は、いままでオリーブ書房の社員がやっていたことだった。紗也がしなくてはならない理由はどこにもない。

だが視界の隅で笑う御門を見たときに、逸樹の意図を理解した。

（過保護っていうか、心配性にもほどがあるだろ……）

相変わらず甘い笑顔で客に対応しているが、見ていないようでしっかりと紗也たちの様子を窺《うかが》っていたらしい。ようするに紗也を御門から引き離すことが目的なのであり、その理由はなんでもよかったのだろう。休憩を命じることもできたはずだが、目の届かないところへやることは避けたかったようだ。

御門から離れようと考えていた紗也には渡りに舟だった。呆れる気持ちもあったが、すべての感情を営業スマイルの陰に隠し、紗也は笑顔でサービスに努めたのだった。

百貨店が閉店を迎えると同時に、この日の展示会も終わりとなった。客はその前に会場から姿を消していたので、関わったスタッフが引き上げるのも比較的早かった。

もちろん逸樹は夕方には会場を後にしていたし、紗也も一緒に上がった。そして御門は、撮った写真をプリントすると言って百貨店を後にした。

いまは写真を手に戻ってきて、打ち上げに参加しているが。

（さすがにいい写真だったよなぁ……）

急ごしらえだから調整が足りないと本人は言っていたが、写されていた逸樹はしばらく無言で見つめてしまうほどに格好良くてきれいだった。笑顔で対応している写真よりも、ふとした瞬間に見せた真剣な顔のほうが印象的だったが、なにより評判がよかったのは、隣に立つ紗也を見上げたときの、気が緩んだような表情だった。笑っているわけではなかったのだが、目元の表情がとても柔らかくて甘さも含み、女性社員たちに言わせると「きゅん」とするらしい。

（あれ見たら、今日来たことに文句言えねぇよな）

客からの評判もすこぶるよかったというし、御門の狙い通りの結果だったのだろう。

写真撮影も含め、今日の催しは大成功と言っても過言ではなかった。絵本の売り上げも相当なものだったが、ポストカードや付箋、ぬいぐるみやミニバッグといったグッズ類もよく売れた。そして版画も紗也の予想以上に出た。写真サービスの威力は絶大でアート系の展示会としては異例の売り上げらしく、百貨店側としても満足のいく企画だったようだ。利益自体は大きくないはずだが、物産展やセール以外で盛り上がったことがよかったらしい。

喉の渇きを感じてグラスを傾けた紗也は、くらりとめまいを覚えてテーブルに肘を突き、頭を支えるように俯いた。

「大丈夫ですか?」

心配そうに顔を覗き込む斉藤は、酌をしようとしていた手を止め、デカンタをテーブルに戻す。

「あー……すみません。ヤバそうに見えます?」

顔には出ないタイプだが、したたか酔っているという自覚はある。意識も思考力もちゃんとあるが、さっきから平衡感覚が妙な具合だった。

打ち上げと称した食事会は、百貨店からほど近い店の個室で開かれた。ビストロと銘打った店の料理はどれもうまくて、酒の種類も豊富だ。居酒屋にしなかったのは、主役の逸樹には合わないだろうと勝手に判断したせいらしい。

実際の逸樹は平気で居酒屋にも焼き鳥店にも入る。とはいえそれが大衆的な店だと浮いてしまうのだが。

「お水もらって来ましょうか」

「大丈夫です、すみません」

笑顔を作って問題ないとアピールすると、気にしつつも斉藤は別の人のところへ行った。打ち上げに参加しているのは十数人で、半分は百貨店側の人間だ。なぜか常務まで来てしまったので、気を使っているのだ。

「上島さん。なにか追加されますか？」

「あ、じゃあウーロン……」

礼の女性社員にオーダーを頼み、紗也は大きな息を吐いた。寝不足のせいか疲れたせいか、変な酔い方をしているようだ。普段の紗也は特別強くもないが、弱いというほどでもなく、酔って失敗した経験もないのだ。

いつお開きになるのだろうか。ちらっと時計を見ると、始まってからまだ一時間ほどだ。まだしばらくは続きそうだ。

逸樹は先ほどから百貨店の常務や販売促進部の部長らと話している。これはきわめて異例なことらしく、社員たちが落ち着かなかったほどだ。展示会はまだ二日残っているのに、次回も……などと言われているようだ。

（絶対、毎回こんなことしてねぇよな……）

アート系の展示は週替わりで常にやっているのだ。たとえ作者が来たとしても、いちいち打ち上げなどしないだろう。社員の一人が教えてくれたところによると、常務の中学生になる娘が逸樹のファンらしく、同席することで土産話にしたいのではないか、ということだった。今日も母娘で来ていて、一番小さな版画を買ってサインと写真をもらってご機嫌で帰って行ったそうだが、紗也はその場面を見ていなかった。

（あれか、お父さんはほしやまいつきとご飯食べたんだぞ、すごいだろう……って、娘に自慢したいのか。いや自慢っつーか、尊敬されたいのか？）

どちらにしても私情でここにいることは間違いなさそうだ。

ウーロン茶をほぼ一気に飲み干したものの、まだ喉の渇きは癒やされない。紗也はふらりと席を離れ、店の奥へ向かった。自分の顔がどうなっているのか確かめたかったし、出来れば顔を洗ってさっぱりしたいと思ったからだ。

トイレは男女で別れていて、少なくとも男子トイレには人がいなかった。小さな鏡の前に立ち、思ったよりもひどい顔でなかったことにほっとした。少し赤みは差しているが、たいしたことはない。端からは酔っているようには見えないだろう。

だが実際は、洗面台に手をついていなければまっすぐ立っていられないのだ。ここへ来てまた急激に酔いがひどくなったようだ。

（さっきのあれ……ウーロン茶だったたっけ……？）

いろいろとおかしくなっていて、あれに酒が入っていたかどうかもわからない。そういえば注文を尋ねられたとき、ウーロンしか言わなかった気もしてきた。

「ヤバ……」

頭のなかがぐらぐらと揺れ、両手を突いて身体を支える。めまいが収まるのを待ってゆっくりと立ち上がり、ふらふらしながらトイレを出た。

そろそろマズいのかもしれない。お開きまで待たずに帰ったほうがよさそうだと思いながら、その場にしゃがみ込んだ。

一度座ってしまったら、立ち上がれなくなった。足に力が入らないし、顔も上げられない。マズいと焦る気持ちさえも薄れて、ぼんやりとしていくのがわかる。自分はこんなふうに酔うんだと初めて知った。

誰かに声をかけられ、歩くよう促された。頭がくらついていたが、すでにそれすら他人ごとのように感じた。

音が遠く聞こえ、流れていく景色も目に入らない。ふわふわと身体が浮くような不思議な、それでいて気持ちの悪い感覚が全身を包んでいる。吐きそうな気分の悪さではないが、平衡感覚を失ったかのような状態はなんともいやなものだった。

何度も意識は落ちかけ、そのたびに浮上しようとしていたが、やがて完全に落ちてしまった。自分が眠ったことに気付いたのは、目が覚めた瞬間だった。

目を開けると見たことのない景色が飛び込んできた。高い天井に白い壁、壁には大きなモノクロ写真パネルが飾られている。どこの景色だかはわからないが、日本の景色ではないように思えた。

「気分は？　大丈夫か？」

「え？」

声のしたほうを振り返ると、足元に御門が座っていた。紗也が横たわっていたのはサイズの大きなベッドで、部屋は間接照明に照らされていた。ホテルでないことは内装でわかる。モデルルームやインテリア雑誌の写真のように生活感に乏しい部屋だが、御門の部屋だと言われたら思わず納得してしまう雰囲気があった。

「水飲めば？」

未開封のペットボトルをわざわざ目の前で開けてから、御門はそれを差し出してきた。重たい身体をなんとか起こし、警戒しながら手を伸ばす。喉の渇きはまだ強く、口のなかはからからに乾いていた。

水で口のなかを潤《うるお》すと、ほっと息が漏れた。

「ここって……御門さんの家ですか？」

「ああ。いい家だろ？　ちょっと前にここを見つけて、引っ越したんだ。ビルトインガレージってところが気に入ってる」

「……なんで俺、ここにいるんでしょうか」

「気分が悪そうだったから、休ませたほうがいいかと思ってな。俺が飲まなかったのは車で行ってたからなんだよ」

しれっと答える御門は、紗也が本当に聞きたいことがわかっていながら空とぼけている。はっきりそう気取らせているのだから、御門にも隠す気はないということだ。

紗也は自分の携帯電話を探してみたが、バッグが見当たらなかった。別室にあるのか、店に忘れてきてしまったのか……。

「あの、俺のバッグは……？」

「悪い。たぶん店だな。ま、席に置きっぱなしだろうから誰かが気付いて回収してくれるだろ。宮越が持って帰ってくれるんじゃないか」

「いや、あの……逸樹さんは……」

「まだ店だと思うけど」

にっこりと笑う御門から、無意識のうちに距離を取っていた。この状況では警戒するなというほうが無理だ。

逸樹が認めるはずがない。紗也の具合が悪いと知れば付き添って帰ると言い出しそうだし、それが無理でも斉藤に頼むだろう。間違っても御門に任せるなどありえなかった。

いくら酔っていたからといって、連れ出されても気付かないとは情けないにもほどがある。だが自らを罵ってみたところで始まらなかった。

逸樹に内緒で紗也を連れ出し、自分の家へ連れてきたからには、御門なりの目的があるということだ。しかも紗也のバッグを置いてきている。故意なのか、席に戻ると逸樹に見咎められる可能性があったためかはわからないが、とにかくただの親切でないことは間違いない。

警戒を全身に表す紗也を見つめ、御門はくすりと笑った。

「猫がフーフー言ってるみたいだな」

「……お手間をおかけしました。気分もよくなったので帰ります。お礼は後日あらためてさせていただきますので」

「送って行くから、もう少しゆっくりしていけば。バッグもないんだし」

確かに金は一円も持っていない状態だから、帰るにも足がない。そもそもここがどこで、自宅とどの程度離れているかもわからないのだ。

とにかくまず逸樹に連絡を入れなくては。紗也がいないことに気付いて心配しているかもしれないし、彼と話すことで御門への牽制になるはずだ。金を持っていないことも、タクシーを拾って逸樹と落ち合うことで解決するだろう。洸太郎が家にいればそのまま一人で帰ってもいいが、あいにくと彼は今日遅くなると言っていた。

「申し訳ないんですけど電話を貸してください」

「いやだ」

「え……？」

ずいぶんと軽くて明るい口調で言われたために、一瞬断られたことに気づけなかった。まじまじと見つめても、御門は意味ありげな笑みを浮かべるだけだった。

「必要ないだろ。大丈夫、明日には送り届けてやるよ」

「いますぐ帰ります」

立ち上がろうとした紗也は、肩を押さえられてベッドに戻された。表情や口調の穏やかさに反して力は強く、肩が痛いほどだった。

「気分がよくなったっていうなら、もういいな。……しようぜ」

なにを、と問うまでもない。このシチュエーションで別の意味があるとは思えなかった。

「どこまで本気か知らないですけど、シャレにならない冗談はやめてください」

「シャレでも冗談でもないぞ。なんのために君を連れ込んだと思ってるんだ？　それも、宮越に教えてない家にさ」

「教えてない……？」

「最近引っ越したって言っただろ。まぁもともとお互いの住所なんて教えたことはなかったがな。だいたいこの辺、っていう以上の情報は必要なかったんだ」

互いの家へ行く気もなかったし、なにか送り合う意味も感じなかった。知っているのは携帯電話の番号とアドレスのみだった。行きつけの店がいくつか重なっていたので、約束などしなくても顔を合わせる機会は多かったし、互いの恋人やセフレを通して近況も知ることが出来た。彼らは長いあいだ、そういう付き合いだったという。

そこだけ聞けば、ただの知り合いの域を超えていないようにも感じるが、そうではないと双方が認めているのだ。紗也にはよくわからない関係性だった。

「どこに住んで、普段なにをしているか……なんて、どうでもいいんだよ。もっと深い……根っこの部分で理解していればな」

だから多くの言葉も必要なかったと御門は嘯《うそぶ》く。仕事に関しても、逸樹がなにを目指し、求めているかはわかったし、逆も然《しか》りだったのだと。

「宮越は俺の理解者だ。俺もあいつを誰より理解してる」

紗也の肩をつかんだまま、御門は逸樹の話だけをする。ついさっきセックスしようと持ちかけてきたその口で。

困惑しかなかった。御門の思考の流れがまったく理解できないのだ。

「あいつは俺と同じだ。誰か一人なんて、愛せるはずがない。いまはその気になってるみたいだが、どうせ長くは続かないさ」

言葉が終わると同時に身体はベッドに倒され、体重をかけてのしかかられた。抵抗はするが、マウントポジションを取られた上に手を押さえつけられては、突き飛ばしたり抜け出したりすることが出来なかった。

「ちょっ……それと俺を押し倒してることと、どう関係すんだよっ……！　こちゃごちゃ御託並べやがって、意味わかんねぇんだよ！」

　全身を使ってなんとか逃げようとするも、相手は自分よりかなり体格がいい男だ。このまま好きにされることはなくても、現状から抜け出すこともできない。体力に自信はあるが、腕力そのものは平均よりやや劣るかもしれないのだ。立ち仕事をこなす力と相手を押しのける力はまったく違うと言うことだろう。

「素が出たな。俺にはいつまでも敬語だったもんな」

「それがなんだよ」

　不満ならいまからでも戻してやる、と言わんばかりに睨み付けると、御門は楽しげに笑いながら首に顔を埋めてきた。とっさに頭を振ることで逃れたが、一瞬で嚙み痕を付けられてしまい、痛みだけが残された。

　血が滲んでいるかもしれない。そこまでひどくなくても、確実に歯形が付きそうな勢いだった。

「実は距離があって寂しいと思ってたんだ。そのままでいい」

「嘘くせぇ」

「威勢がいいな。怖くないのか？　それとも虚勢を張ってるのか？」

「少なくとも怖いってのはねぇよ。いくらあんたのほうがガタイよくても、おとなしくやられるほどひ弱じゃねぇからな」

　死にものぐるいで抵抗すれば御門の行動をじゃまするくらいはできる。腕を押さえながらでは、どうしても制限されるはずなのだ。

だが御門は余裕の笑みを崩そうとはしなかった。

「縛るっていう手があるんだぜ」

「そんなことまでしてやって楽しいのかよ。俺が落ちなかったからって、無理矢理やんのか？　そんなんで逸樹さんと肩並べてるつもりかよ」

挑発するつもりも馬鹿にするつもりもなかった。ただ思ったことをそのまま口にしてしまった。実際、腹立たしかったのだ。逸樹とはアプローチの仕方こそ違うが恋愛観やセックス観は同じなのだと、あれだけ何度も言ったくせに、この男は紗也の同意もなく犯そうとしている。逸樹ならば絶対にしないはずのことだ。

矛盾している。いや、それ以前に同じだなんて思い違いも甚《はなは》だしい。逸樹から見た御門と、御門から見た逸樹は、明らかに違うのに。

「俺を怒らせようってのか？　それで隙を作るつもりとか？」

「別に。逸樹さんの言った通りだったな、って思っただけだ」

「宮越がなんて……？」

ふいに御門は真顔になり、声の調子も変えた。さっきのまでの会話との温度差に、やはりという思いが紗也のなかに生まれる。

御門は紗也に対して欲情などしていない。紗也を犯すことよりも、逸樹の話のほうがずっと関心があり、かつ重要なのだ。

「逸樹さんは、前からあんたの出方を気にしてたよ。嫉妬だけであんなにピリピリしてたわけじゃない。あんたが、こういうことするやつだって、わかってたんだ」

「……それで？」

「逸樹さんは、絶対こんなことしねぇよ。アプローチの違いとか、そんな些細《ささい》なことじゃなくて、根本的にあんたとは違うんだよ」

「違わないよ」

「どこがだよ、意味わかんねぇよ。同じにすんな、腹立つわ。逸樹さんはな、間違ったっていやがる相手を無理矢理やったりしねぇんだよ」

逸樹が恋人と称していたセフレに対しては、いろいろ問題行動もあった。傷ついた相手だっていただろうし、それを察してやることもしなかった。それでも力でねじ伏せるような真似はしなかったのだ。

紗也に対してもそうだ。セクハラまがいなことはしたし、きわどいことを言ったりもしたが、一定のラインは超えてこなかった。そしてそういったやりとり自体を逸樹は楽しんでいた。そこには恋情や愛情の裏付けが確かにあったのだ。

「けどあんたは、なんとも思っていないのに俺をやろうとしてるじゃん」

「君のことは気に入ってる。顔も好みだし、身体もよさそうだ。立派な理由だろ？」

「気に入ったら片っ端からレイプすんのかよ。ただの犯罪者じゃねぇか」

吐き捨てるように言い、紗也は顔をゆがめた。嫌悪が顔に出てしまったが、取り繕う気にはなれなかった。

犯罪者とまで言われたせいか、さすがの御門も不快そうだ。紗也を見る目も険しくなっている。

「後から許しても犯罪になるのかね」

「少なくとも俺は許さねぇよ」

「だったら最後まで頑張ってみればいい」

あくまで紗也を落とせると思っているようだが、どこからその自信が湧いてくるのか理解できなかった。そもそも感じたら許したことになる、あるいは落ちたことになるという理屈も、納得できないことなのだ。

身体を俯せにさせられそうになり、紗也はもがくように暴れた。このまま手の自由を奪われでもしたら、ますます状況は悪化する。

焦りが過《よ》ぎったそのとき、部屋のなかにインターフォンが鳴り響いた。

驚いて思わずびくっとしてしまったが、同じくらい御門も驚いたらしい。つかまれた手からそれが伝わってきた。

ぴたりと止まった二人をよそに、インターフォンは鳴り続けていた。

「……出ろよ」

「君に指図されるいわれはないな」

「こっちだって、あんたに好き勝手されるいわれはねえっつーの！」

どこまでも勝手な御門にやや切れながら怒鳴りつけると、うんざりしたような溜め息をつきながら、意外なほどあっさりと御門は紗也を解放した。

「誰が来たか、なんとなく想像が付くから出たくないんだよ」

「……逸樹さん？」

「だろうな」

だからこそ手を離したのだと悟り、安堵で力が抜けそうになった。怯《おび》えたり傷ついたりということはなかったが、やはり緊張はしていたのだ。だがまだ確実ではない。紗也にとって好ましい展開と決まったわけじゃないのだ。

それでも御門の気が削《そ》がれたのはありがたいことだ。紗也はいまもインターフォンを押し続けている相手に感謝した。

御門は応対のために立ち上がり、寝室を出て行った。

紗也は身体を起こし、あらためて寝室内を見まわしたが、やはりバッグはどこにもなかった。服装の乱れがないことを確認し、そっと廊下へ出る。

「どうしてここが……？　ああ、そうだな。わかった、いま開ける」

やはり逸樹で間違いなさそうだと思いながら玄関へと向かった。もしもの場合に、すぐさま逃げられるようにだ。

自分の靴を見つけ、ほっとしながら履《は》いた。

「慌てるなよ。宮越が一緒なら、コーヒーくらい飲んでいけるだろ？」

いつの間にか玄関まで来ていた御門が呆れたような声を出した。振り返った直後、背にしたドアがノックされた。逸樹らしくもない、少し乱暴な叩き方だった。

「……開けても？」

「どうぞ」

ロックを外し、ドアを押し開けると、そこには望んだ通りに逸樹が立っていた。険しかった顔が紗也を見た瞬間に驚きへと変わり、それから安堵の表情へと変化していく。

気がついたときには抱きしめられていた。

「よかった……時間からして、たいしたことはされてないね？」

「っていうか、ほとんどなにも……」

「これは？」

声が低くなったかと思ったら、首の嚙み痕を指摘された。問いかけは紗也にではなく、視線とともに御門へと向けられている。

だが睨まれた本人はひょいと肩を竦め、どうでもよさそうに笑った。

「とりあえず上がらないか。コーヒーでも入れる」

「飲み物は結構。いやというほど飲んできたし、君が出すものなんて危なくて飲めないからね」

「ひどいな」

「当然だろ。言っておくけど、本気でそう思ってるからね」

ようするに信用していないのだと言外に告げると、御門はひどく寂しそうに笑った。いつも見せる苦笑ではなかった。

無言で奥の部屋――リビングへと紗也たちを通し、コーヒーの代わりに未開封のミネラルウォーターを出した御門は、並んで座る紗也と逸樹を見つめた。

「で、さっきの質問なんだが、どうしてここがわかった？」

「君が所属してるスタジオに問い合わせたに決まってるだろう？　斉藤さんが、だけどね」

「まだ誰か残ってたのか」

「いなかったらしいけど、斉藤さんが知り合いの編集……他社のファッション誌担当らしいけど、その人に連絡を取ってくれて、無事にスタジオ関係者までたどり着けたってわけ」

「なるほどね」

思っていたよりも斉藤は顔が広く、行動的でもあるらしい。紗也は斉藤に心底感謝しつつ、じっと御門の様子を窺った。

彼の意識は逸樹にのみ向かっていた。思えば以前から彼は、逸樹に対してある種の執着のようなものを抱いていたような気がする。湿っぽい感情ではあるが欲の色はなく、熱はあるが恋愛感情とも友情とも違うなにか。

理解できないから、御門が抱えるものの正体はわからなかった。紗也に出来るのは、水を差さないようにじっとしていることくらいだ。

「君は、自分で言うほど僕をわかってないよね」

低く冷たい声に、紗也は目を瞠《みは》る。こんなトーンはいままで聞いたことがなくて、本当にいまのは逸樹が発したものだろうかと、まじまじときれいな横顔を見つめてしまった。

「宮越……」

「超えちゃいけないラインも、わからなかったんだ？」

底冷えするような声と表情には、静かな怒りが込められている。つかみかかったり声を荒らげたりするわけでもないのに、逸樹の激しい感情は隠しようもなく伝わってきた。

御門は凍り付いたまま微動だにしない。こんなに冷たい怒りをぶつけられるとは思っていなかったのだろう。

「なんとか言ったら？　別に言うことがないっていうなら、このまま帰らせてもらうよ。当然、二度と僕たちの前には現れないよね？　ああ、今日撮った写真は好きにして。餞別代わりだよ」

逸樹が紗也の肩を抱き寄せ、ソファから立ち上がろうとすると、石のように固まっていた御門から絞り出すような声が聞こえてきた。

「待ってくれ」

「謝罪以外は聞かないよ。言い訳をしたいなら、その後だ」

厳しいもの言いを崩すことなく、逸樹はまっすぐに御門を見据える。新たな一面を見せられて、御門と同じくらいに紗也も驚いていた。直接感情や言葉を向けられていない紗也に動揺はなかったけれども。

「……すまなかった」

「それを言うのは僕にじゃないでしょ。被害者は紗也だ。僕を出し抜いたことについては、別にいいんだよ。気づけなかった僕にも責任はあるしね」

ようやく御門の視線が紗也に向かい、それからすぐに頭を下げられた。同時にもう一度、謝罪の言葉が紡《つむ》がれた。

促されての謝罪だったが、充分に謝意は伝わった。紗也の言葉では気持ちが動くことも考えが改まることもなかったが、逸樹の態度と言葉には感じるものがあったようだ。本気の怒りをぶつけられ、ようやくまずいことをしたという自覚が生まれた程度かもしれないが。

ふっと息を吐き、逸樹は紗也を見やった。

「もう少し、いい？　大丈夫？」

「ああ」

酔いはもう覚めているし、気分も悪くない。なによりここで帰ったら、もの言いたげな御門の様子が気になって落ち着かないだろう。

「それで？　なにか言いたいことがありそうだけど」

さっさと話せと言わんばかりの口調だが、そもそも立ち去らずにいる時点で御門への情は充分に感じられる。謝罪がなければ本当にあれきりになった可能性もあったが、与えたチャンスは生かされたようだ。

「俺は……おまえが変わったことを、認められなかったんだ。たぶん……」

「だろうね」

「本気だと言われても、以前とは違うと言われても、そんなものは一時的な……思い込みに踊らされてるだけだと思ってた。いや、そう思いたかっただけなんだろうな」

ぽつぽつと語る御門は、目を細めて逸樹を見つめる。それはまぶしいものを見るような、それでいて寂寥感《せきりょうかん》を漂わせる様子だった。

「同じだと思ってた。同じじゃなきゃ、おかしいってな。だからおまえの目を覚まさせようと……いや、違うな。俺と同じ場所まで引きずり落としてやろうって思ったんだよ」

「そう思うこと自体、すでに同じじゃないって認めてるんじゃないか？」

「ああ……そうだな。たぶんそうだ。焦りみたいなもんを、無意識に感じてたんだろうな」

頑なに認めようとしなかったのはそのせいもあったようだ。執着に思えたものも、そこから来ていたに違いない。

「紗也になにをしようとしたの？　一応、確認しておきたいんだけど」

「抱こうとした」

「君が紗也を本気で欲しがってるとは思えないんだよね。腹いせかい？」

「違う。いや……たいして変わらないな。俺はおまえに突きつけてやりたかったのかもしれない。この子だけは違うと信じてるおまえに、いままでの恋人たちと同じだってことを……」

「くだらね」

思わず呟くと、二人の視線がいっせいに向けられた。無意識に出た反応だったので、少し怯んでしまったが、すぐに気を取り直して溜め息をつく。

ようするに御門は、紗也が誰にでも喜んで抱かれる人間だと証明したかったということだろう。

「突っ込みどころだらけで、面倒くさいんだけど……二つだけ言わせろ。逸樹さんのセフレを、誰にでも脚開く人たちみたいに言うな。なかにはそういう人もいたかもしれないけど、全員じゃねぇよ。それから、無理矢理やろうって時点であんたの理屈はまったく通らないからな」

「まったくね。ちゃんと理解してるのかい？　御門」

「一応」

危なっかしい返事だが、ひとまずよしとする。

逸樹の怒りに触れた御門は、これまでのような振る舞いはできなくなるだろう。違うと自覚すれば執着はなくなるはずだし、それでも逸樹との付き合いを続けていきたいと思うならば、不興を買うことは避けるはずだ。どちらにしても、状況は改善されるに違いない。

ちらっと逸樹を見ると、言いたいことを察して彼は立ち上がる。いまさらだが彼の傍らには紗也のバッグがあった。

足を踏み出そうとして、紗也はふと立ち止まる。

もう一つだけ、言いたいことがあったと思い出したからだ。

「あのさ……最後にこれだけ。もしあんたが言うように逸樹さんの本気がいまだけのものだったとしても、俺の気持ちは変わらねぇから」

「紗也……」

隣で感極まったような声がする。そんな彼を見やってから、紗也は微笑みを浮かべつつ御門に視線を戻す。

ずっと紗也を見つめていたらしい御門からは、真摯《しんし》な姿勢を感じた。

「結局、俺は逸樹さんだけが好きなんだ。だから逸樹さんが別れようって言い出すとか、ほかに恋人とか愛人とかを作らない限りは、離れねぇよ」

「言わないし、作らないから」

「はいはい」

そんなことはとっくにわかっている。逸樹の本気を、紗也はいつの間にか疑わなくなっていたのだ。

抱きついてくる逸樹をあしらい、今度こそ帰るために歩き出す。背中に視線は感じるが、言葉は追ってこなかった。

外へ出て、初めてここが低層マンションだったことに気がついた。一階部分がガレージで、共用廊下はあるものの、外へ出ることなく自宅の玄関をくぐれるような作りだった。

少し歩いてタクシーを拾い、自宅へ向かった。着くまでには十分といったところだろう。予想外の近さだ。

「悪かったね」

「なんで逸樹さんが謝るんだよ」

「気づけなかったし、御門の本心も見抜けなかった」

紗也の手を握りしめ、逸樹はぼそぼそと小さな声で話す。運転手の耳を気にしてのことでもあるだろうし、彼の心情的な意味もあるのかもしれなかった。

「どっちもしょうがねぇし……むしろ場所突き止めてくれて助かったと思ってるけど。そういえば、なんで自宅って思ったんだ？」

ほかの場所へ連れ込まれる可能性もあったのだし、素早い対応がなかったら、力負けしてあれ以上のことをされていたはずだ。

「そのあたりは御門の性格かな。昔からラブホが嫌いなやつでね。今回は君の家っていうわけにもいかなかったし、普通のホテルじゃ連れ込むのは難しいだろ？　酔った友人を介抱してるって言えば、可能かもしれないけど、そこまで目立つ真似をするとも思えなくてね。だから自宅に絞った」

「ああ……」

「よかったよ。外れてなくて……」

ぎゅっと手に力が籠《こ》もるのを感じ、自然と口元が緩むが、本当に心配してくれたんだと思うと申し訳なさも感じた。

そのまま互いに口をつぐみ、自宅の前でタクシーを降りた。

家のなかは暗く、まだ洸太郎が帰ってはいないことを知らせていた。休みの日は友達と長時間遊ぶことも多いので、あるいは朝帰りということも考えられる。

「疲れたろ」

「あー……うん、まぁね」

展示会で気疲れした上に、御門との一連のやりとりで、ごっそりと気力が削がれてしまった。それが身体にも少なくはない影響をもたらしているようだ。

肩を抱かれたまま逸樹に寄りかかると、自然とまぶたが下がってきた。髪を撫でる指が気持ちよくて、意識が落ちそうになる。

指先が耳から首へと滑り、遠くで官能の火が灯りかけた。心地よくて、このまま抱かれてしまいたいと思うのに、いまは身体も気力も保《も》ちそうにないとも思う。

そんな気配が伝わったのか、耳もとで気遣わしげな声がした。

「このまま眠る？」

「……うん。でも三時間くらいで起こして。風呂入りたいし……」

猫のように逸樹の肩に頭を押しつけ、少し開いた襟もとからのぞく素肌をぺろりと舐める。それだけできっと逸樹には言いたいことが伝わるはずだ。

笑う気配がして、拾った指にキスをされた。

「いいよ。一緒に入ろうか。その後は……」

耳に触れる甘い声に誘《いざな》われて、紗也は眠りの淵へと落ちていく。言葉の続きは聞かなくてもわかっていた。

うるさい常連客が増えてしまった。

紗也はガリガリと豆を挽きながら、こっそりと溜め息をついた。

カウンター席にいる客のうち何人かは紗也の手元に視線を向けている。豆を挽くのはパフォーマンスのようなもので、余裕があれば注文を受けてから挽くし、忙しいときは開店前にまとめて挽いたものを使うことになっていた。

「その豆で、もう一杯入れてくれ」

「……はい」

低い声でのオーダーに、紗也は素直に頷いた。

以前から彼は頻繁に来ていたが、いままでは紗也のなかで客という意識が薄かったのだ。初回を除いて毎回きちんと金を払っていたにもかかわらず、だ。だが例のことがあってからは、すんなりと彼のことを客だと思えるようになった。

彼——御門は、今日もカウンターの端に陣取り、コーヒーを飲みながらカメラをいじっていた。

「うん、やっぱり白いシャツの腕まくりが、一番しっくりくるな。俺としてはもう一折りして、腕の露出を増やして欲しいんだが」

「あんたの好みなんてどうでもいいです」

「好みじゃなくて、そのほうが絵になるって言ってるんだ」

「人をファインダー越しに見ながら会話すんの、やめてくれませんか」

「君こそ普通にしゃべれよ。素でいいって言ってるだろ」

「お客様にそんなこと出来ません」

涼しい顔で言い放ち、あくまで客と店員だという姿勢を貫いた。あの夜だけは感情的になっていたのもあって、いわゆる「タメ口」になってしまったが、あれ以降は元の口調に戻しているのだ。これは店の外で会った場合も同じだ。

「つれないな」

「モデルだったら、ほか当たってください。知り合いで固めてどうするんですか」

「いいじゃないか。身近にせっかく美形がいるんだぞ、使わない手はない。しかも探してもなかなかいないレベルだ」

「それはどうも」

顔を褒められるよりコーヒーを褒められたほうがよほど嬉しいのだが、この男はほとんどコーヒーについてはなにも言わない。だが逸樹に言わせると金を払って何度も飲みに来ているのだから、文句はないということ……らしい。

カウンター席は鈴なりといっていいほど客が群がっている。それというのも、逸樹が店に出ているからだった。そうでなくてもこの店ではカウンター席が人気で、初来店や恥ずかしがり屋の客でもない限り、ここを狙ってやってくるのだ。

そのうちの一人、やはり常連の女性が、こちらの会話を聞いて身を乗り出してきた。

「店長、モデルやるの？」

「やりません」

「えー、やればいいのに。そこらのイケメン俳優より、よっぽどイケメンじゃん。っていうか、美形っていうか」

「だよな。ほら、みんなもこう言ってる」

「みんなじゃねぇだろ」

つい素が出てしまい、慌てて咳払いでごまかしたが、周囲からくすくすと笑い声が聞こえてきた。

最近では、御門を発端とする掛け合いは店の名物になりつつあった。逸樹が参加することも多く、気の置けない友人同士のじゃれ合い、程度に思われている。

「聞いてみればいい。たぶん大半が、推すと思うが？」

御門は自信たっぷりに言い放ち、挑発的に紗也を見た。あの夜のしおらしい雰囲気はどこを探しても見当たらない。

だが反省したのは確かなようで、あれから一度もセクシャルな意味で紗也を誘ったり口説いたりしたことはなかった。代わりに、例の写真集のモデルとして口説いてくるのだ。

「紗也はダメだよ。そういう目立つことは嫌いなんだから」

割って入ってきた逸樹の言葉に、紗也は黙って頷いた。実際は目立つのがいやなわけではなく、自分の姿を映像や画像で不特定多数に見られるのがいやなだけだが。

壊れるかもしれないと心配した友人関係は、特に以前と変わりなく続けているようだ。そのことに紗也はほっとしていた。

「もったいないだろ。きれいなものは、大勢の人間に見てもらわないと」

御門が紗也を見つめて甘い声で言うと、あちこちから控えめな黄色い悲鳴が上がった。逸樹が不機嫌そうな顔を隠しもせず、紗也の前に立って御門の視線から隠すような真似をするものだから、ますます一部の客のテンションは上がった。

こんなだから、三角関係だと喜ぶ客が現れるのだろう。紗也と逸樹に関しては本当に恋人同士だから笑えない。

おまけに妄想の激しい客のあいだでは、四角関係とまで言われているそうだ。

「あっ、また来てやがんな」

四角を形成するらしいもう一人の登場に、客が喜んでいるのが見える。もちろんあやしげな妄想とは無関係に、イケメン店員としての洸太郎を好きな客のほうが多いのだが。

(男三人が奪い合うとか、どんだけ男にもてるんだよ)

妄想の一つにそんなパターンがあると聞かされ、めまいがしたのはつい最近のことだ。楽しげに聞かせてくれたのは逸樹の元セフレ姉妹の姉のほうだった。

これでまた妄想のネタを与えてしまう。内心で溜め息をついているうちに、洸太郎と御門の言い合いはヒートアップしていた。

「しつこいんだよ、あんた。紗也のことは諦めろよ」

「無理だな。あ、君もどうかな。カフェのシチュエーションは紗也くんがいるから違うのがいいんだが……ほかにバイトしてないのか？」

「してねぇし、前のバイトもカフェだし」

「なんだ、つまらない」

「うるせーよ」

いつの間にか立ち位置は変わっていて、御門の前には洸太郎がいた。カウンターの内側は三人もいるせいで少しばかり窮屈に感じられた。

「洸太郎がモデルになるのはいいのか？」

小声で問うと、逸樹はスタンドに皿を乗せるのを手伝いながら、どうでも良さそうに答えた。

「本人がいいなら、別に」

「どう見てもよくなさそうだけどな」

洸太郎にとって御門は相変わらず要警戒対象らしく、会えば全力で噛みついている。紗也を守って戦うのはもはや使命だと思っているようだ。

可愛いやつめ、と小さく呟き、隣に立つ逸樹の存在を全身に意識する。

視線は向けない。客の手前というのもあるが、わざわざ見なくてもその気配を感じるだけでいいと思ったからだ。

逸樹との恋は劇的なものじゃないし、燃えるようなものでもない。だがこのくらいの緩さと穏やかさが紗也にはちょうどいいらしい。家族にも少しずつだが近づいて行っている。

最近になって、紗也はそんなふうに思うようになった。

おまけ

紗也《さなり》の発案で提供し始めたアフタヌーンティーセットのようなものは、試行錯誤を繰り返し、客の感想や意見を考慮しつつ改良を加え、数ヵ月かけて現在の形に落ち着いた。もちろん季節によって、あるいは日によって細かい部分は変わる。

「下げてきた」

「ん、サンキュ」

オーダーが限定数に達したので洸太郎《こうたろう》は手書きのメニューを下げた。通常のメニューとは別に、イラスト入りの専用メニューがあるのだ。そのときどきで違う内容に対応できるよう、紗也が逸樹《いつき》に頼んで、三段トレーとティーセットをぼやかした風合いで描いてもらったのだった。

限定数も当初は十だったところを、二十セット程度にまで増やした。それでも夕方にはなくなってしまうことが多いので、どうしてもという場合は予約を受けて対応している。

手作りのスタンドを取り出し、紗也は小さく頷いた。

いい出来だと、洸太郎も思っている。いくつかの見本写真を元に逸樹がデザインを決め、それを元に真鍮《しんちゅう》の丸棒を曲げて溶接したものだが、紗也の友人が工房を貸してくれただけでなく製作も手伝ってくれたので、仕上がりはプロのそれだ。一つ一つに微妙な違いがあるものの、それがまた手作り感を出していていい。新品なのにアンティーク感が出るようにしてくれたのも大きいだろう。それでいて制作費は一つにつき千円もかかっていない。紗也は工具のレンタル料と指導料を払うつもりでいたのだが、友人はそれを断り、一週間分の食事の作り置きを要求した。どうやら外食とコンビニ弁当とデリバリーの毎日に飽きていたらしい。そこで紗也は腕をふるい、一食分ずつ冷凍したものをクーラーボックスに入れて持参したのだった。

その後、友人は自分の工房で〈ほしやまいつき〉モチーフの細工を製作させて欲しいと言い、見本を見せた上で逸樹の承諾を得た。いまではギャラリーに置かれ、販売もされている。主にネックレスやブレスレットなどのアクセサリーと、鏡やフォトスタンドやポットスタンドなどの雑貨で、なかなか好評だ。

(置き場所に困るのが玉に瑕だけどな)

嵩張《かさば》るアフタヌーンティー用スタンドは、結局店と自宅とを結ぶ廊下の壁に沿って並べられている。おかげで通路が狭くなってしまったが、客から見えないようにするにはこれしかなかったのだった。

紗也はサンドイッチとミニサラダを乗せた皿をセットし、スコーンの皿、最後に小さめのタルトとケーキの皿をセットする。そしてバターや数種類の自家製ジャムから客が二種類選んだものを、スコーンに添えた。クローテッドクリームは最初から無視だ。ここで出しているのは、あくまで「アフタヌーンティー気分を味わえるもの」なのだ。午前中からオーダー可能ということもあり、名称も「しゆえっとティーセット」となっている。

二人分のセットを作り終えるのを待って、洸太郎はそれらを運んでいく。紅茶はすでに提供ずみで、三段重ねのスタンドが到着すると、客は嬉《うれ》しそうな反応を示してくれた。

カウンターに戻ると、常連の一人である女性――元セフレ姉妹の妹のほうが紗也に話しかけていた。

「相変わらず盛況ね」

「おかげさまで、なんとか」

「メニューも最初の頃より増えたし、あれも当たったものね」

そう言う彼女は、しゅえっとセットを頼んだことがない。甘いものが得意ではないのだそうだ。

「オープンした頃は手探り状態でしたからね。様子を見て、少しずつ増やして行こうとは思っていたんですよ」

そつのない笑顔で答えているものの、それは半分本当で半分が嘘《うそ》だ。あえてメニューを絞っていたのは確かだが、あのセットは売り上げを目論《もくろ》んで考えたものだった。もちろんそんなことはおくびにも出さない。

「野菜ジャムっていうのは、なかなかいいわよね。ヘルシーなイメージがあるのがいいのかな」

「そうみたいですね」

選べるジャムのなかには、フルーツだけでなく野菜を原料としたものがある。ニンジンやタマネギ、トマトなどがそうで、すべて紗也の手作りだ。結局スコーンもケーキも作ることは諦めたので、せめてと言ってジャムだけは自家製にこだわり、それを前面に押し出した。フルーツよりも材料費が安いという理由で出し始めた野菜ジャムは、意外なほど好評で戸惑《とまど》っているくらいだ。

スコーンとケーキは、洸太郎の友人に依頼している。調理専門学校の製菓コースに通っている高校のときのクラスメイトで、彼が専門学校の友人に声をかけ、数人で引き受けてくれているのだ。材料費をすべてこちらが負担する代わりに、ただ同然で作ってもらっているというわけだった。彼らにとっては練習や試作が出来、材料費も持ってもらえる上、客からの反応も得られるので都合がいいようだ。一人では負担になるが、数人でローテーションを組んでいるため、無理のない範囲でやれているという。さらに仲間内で切磋琢磨《せっさたくま》出来、刺激になっているとか。そのせいかケーキの評判はわりといい。洸太郎も積極的に客の声を集めて友人たちに届けているので、どういったものが受けるかを彼らが学びつつあるのも大きい。

手伝ってくれる友人たちもときどき客としてやってくるし、相変わらず御門《みかど》も頻繁《ひんぱん》に顔を出すので、以前よりも少しは男性の常連客が増えた。友人たちには慰労もかねて奢《おご》ることが多いので、客とは言えないかもしれないが。

「コーヒーのおかわりをお願い」

「かしこまりました」

紗也は微笑《ほほえ》み、作業に取りかかる。すると常連の女性は洸太郎を見て、にっこりと笑った。

「八月に入ったら二週間くらい、店を閉めようと思うんだよね」

三人で仲よく夕食を取り終えた後、逸樹は突然そう言った。

まだ五月の連休が終わったばかりだ。八月と言われてもまだまだ先の話に思えたが、案外すぐなのかもしれないとも思う。

「二週間も？」

反応したのは紗也で、さっと壁のカレンダーまで歩いて行くと、八月を開いてしばらくそのまま考え込んだ。

いつ見てもきれいな後ろ姿だと洸太郎は思う。姿勢がよくて、頭が小さくてすらりとしていて、立ち姿が美しい。腰の細さが際立ち、手足もすんなりと伸びていてやはり細いのだが、不健康な痩《や》せ方はしていなかった。

実際、紗也は体力があるほうだし、結構丈夫だ。自己管理がうまいのかもしれないが、出会ってから今日まで、彼が仕事を休んでいるのを見たことがない。紗也が寝込むのは逸樹が無体を働いたときのみだ。

（まぁ、合意だしいいのか。いや、本当のとこはわかんないけど……）

夜中にうっかり廊下へ出て、紗也のなまめかしい声を聞いたことは一度や二度ではない。許しを請《こ》う泣き声すら聞いたこともあるが、そのあと相当しばらくすすり泣きが聞こえてきていたということもあった。

自分の兄はサディストか鬼畜《きちく》ではないかと疑いを抱いたものだったが、相変わらず二人の関係は良好なので、洸太郎が口を出すことでもないだろう。夫婦間のことは、当人たちにしかわからないあれこれがあるものだ。

「なんでそんなに長く？」

振り返って尋ねる紗也の顔を、洸太郎はうっとりと認めた。

紗也はきれいだし、可愛《かわい》い。立ち居振る舞いも美しいので、黙っていればば――あるいは素を出さなければ、本当にどこぞの王子様のようだ。口を開けばきわめて普通になってしまうのだが、それもまたいいのだ。

無言で見つめる洸太郎をよそに、夏期休暇についての話は進められた。

「例の撮影、そのあたりに組み込もうと思ってね。やっぱり窓からの緑がきれいな時期がいいだろうし、避暑にもなるしね」

「いや、だからなんで店……もしかして俺も行けってことか？」

「当然でしょ」

「別に当然とか胸張って言うことじゃねぇと思うけど……うーん、二週間か……」

「バカンスだと思えばむしろ短いほうだよ。お盆休みを挟むわけだしね。軽井沢にはたくさんおしゃれなカフェがあるから、毎日いろいろなところへ行こうよ。きっと参考になるよ」

「ああ、それはいいかも。二週間も休んだことねぇから、ちょっと落ち着かないけど」

転職の合間ですら、紗也は短期のアルバイトを入れていたらしいし、以前のカフェでも正社員並に出勤していた。働くのが好きなのか、そうしないと不安なのかはわからないが。

我ながら最高の人選だったと洸太郎は満足げに笑った。働き手としてもそうだが、家族として彼以上の人はいない。優しいし、きれいだし、彼が作る料理も好きだ。厳しいことを言うことはあってもそこには愛情の裏打ちがあるから、叱られるのさえ嬉しいと感じてしまう。なによりロクデナシの兄を更正させたのだからものすごいことだ。

以前の逸樹には、いろいろと問題があった。セフレを恋人と呼び、薄っぺらで乾いた愛情を簡単にばらまく快楽主義者で、彼が言うところの「恋人」たちとは、食事をしたり飲みに行ったりすることはあっても、どこかへ遊びに行くようなことはしなかった。セックスすることが前提だから、その前の行為に手間をかけたくないという考えだったのだ。

兄としては、二十歳やそこらで半分しか血の繋がらない弟を引き取って育て大学にまで通わせているのだから、文句の付けようはないし、洸太郎も感謝している。仕事の面でも、本人の姿勢や収入、世間的な評価ともに、立派だと言わざるを得ないだろう。

だからこそ、どうにかならないものかと、ずっと考えていたのだ。

(逸樹は身内には甘いんだよな……)

誰にでも優しく冷たい彼は、一度懐に入れた相手には甘くなる傾向がある。だがかつての「恋人」たちは、誰一人として逸樹の内側に迎え入れられたことはなかった。おそらく意図的に逸樹がそうしていたのだろう。

そこで洸太郎は考えた。逸樹の好みのタイプを身内として引き入れてしまったら、あるいは……と。

もちろん外見だけではだめだ。家族になるなら、むしろ中身が重要だ。逸樹だけでなく、洸太郎自身が好きな相手でなければ無理だった。

そんな都合のいい相手がいるたろうかと思っていたある日、アルバイト先で紗也と知りあった。

結果的に、作戦は大成功だった。出会った瞬間に逸樹は紗也に興味を持ち、一緒に過ごすうちにどんどん惹《ひ》かれていった。見ていてはっきりとわかるほどに。

「我ながらいい仕事したなー……」

思わず口に出して呟《つぶや》くと、逸樹と紗也が怪訝《けげん》そうな目を向けた。

「どうした、急に」

「あー……いや、なんでもない。独り言」

「ホームページの話か？」

「あ、うん。それも含めて」

慌ててごまかすが、紗也はともかく逸樹はうろんな目をしていた。さすがに兄の目はごまかせないようだ。

「結構、評判いいぞあれ。見やすくて可愛いって、今日も褒《ほ》められた」

「マジで？　やった、頑張《がんば》ったからなー」

褒められれば当然嬉しくて、頬が緩んでしまう。逸樹の指示で作ったのは、〈しゅえっと〉のホームページで、店へのアクセスと営業情報、店内の雰囲気とメニューといったものが主な掲載内容だ。

金を出して作ってもらえばもっと気の利いたものが作れたのだろうが、手作り感があるのもいいんじゃないかということになり、洸太郎が初心者にもかかわらず作成したのだ。もちろん大学の友人に相当協力を仰いでのことだったが。

「夏期休暇のこと、日程決まったら早めに載せておいてくれるか。夏休みだし、もし遠くから来ようって考えてる人がいたら、気の毒だしな」

紗也に向かって洸太郎は頷《うなず》いた。はるばるやってきたら休みだったなんて、確かに気の毒だ。早めに情報を載せておけば、その心配もいくらか減るだろう。

「じゃあ俺、風呂入ってくる」

言い置いて紗也がリビングから出て行ってしまうと、すぐに逸樹が視線を寄越した。言いたいことはわかっていた。

「どんな仕事をしたって？」

「えー、いや……まぁ一組のカップルを誕生させた……的な？」

「ああ……ま、出会いはくれたよね。でもその後は、ほとんどなにもしてないでしょ」

「俺がなにかするまでもないかと思ったんだよ。逸樹なら、絶対落とすだろうなーって。紗也見てても、いやがってないのわかったし」

紗也がもし本気で迷惑がったり、逸樹に嫌悪感を抱くようだったら、洸太郎も放っておかなかっただろう。二人の関係が発展することを望みはしたが、それ以前に紗也という人間のことが好きだったのだから当然だ。

ふーん、と冷めた相づちを打った逸樹は、意識をバスルームの方へと向け、紗也がいないことを確かめる。それからふたたび洸太郎を見た。

「前から一つ、聞きたかったんだけど」

「な……なに？」

「洸太郎は紗也のこと、どう思ってるの？　恋愛感情はないんだろうなとは思うけど、対象にはなりえるの？」

「ならないよ」

疑われるのは承知の上だったので、動揺なく即答した。むしろどうしていままで尋ねて来なかったのか不思議なくらいだ。

「考える余地もなし？　洸太郎って異性愛者？」

「どうだろ。いまのところそうだなぁ……けど、運命の出会いとかしちゃったらわかんないな。好きなら同性ってことで諦められないと思う」

身近に幸せな同性カップルがいるのだし、子供を残さなければいけないという立場でもない。とはいえ現段階でその気はなかった。彼女自体がいまはいらないと思っているくらいなのだ。逸樹たちの関係に理解を示し、かつ二人とうまくやれる女性なんて、なかなかいない。

「同性もありなら、紗也を好きになったりするかもしれないよ」

「ないって。紗也がアンアン喘《あえ》いでるの聞いても、やりたいとは思わないし。むしろなんつーか……いたたまれない感があるというか」

「へぇ？」

「や、普通の感覚っしょ？　身内のセックスって、恥ずかしいっていうかさぁ……」

「まともだね。僕の弟とは思えないくらいだ」

「……逸樹は見たい派かよ」

「見たくはないけど、見ても平気だね。たとえば洸太郎のセックスを見たら、どういうやり方なのか観察するかな。どんな顔するのか、とか」

「え、最悪……」

引いてしまった洸太郎に罪はないだろう。逸樹のセクシャリティーが洸太郎のそれとかなり違うことは知っていたが、あらためて不安に駆られてしまった。果たしてこの男の性的な嗜好《しこう》——主にプレイの方向性は、一般的なそれなのだろうか。

「なに？　なにか言いたそうだけど」

「え、いや……その、さ……逸樹って、変なプレイが好きとかないよな？　紗也に変なことしてないよな？」

「どこまでが変なのか基準を示してくれないと、答えようがないんだけど、紗也がいやがることはしてないよ」

曖昧《あいまい》な答えだが、洸太郎のなかでも「紗也がよければよし」という考えが根付いているせいか、あっさりと納得できてしまった。冷静に考えてみれば、紗也は「しつこい」だの「意地が悪い」だのと文句は言うが、「変なことをされた」と言ったことはない。彼の性格的に、恥ずかしくて言えないということはないだろうから、少なくともこれまでの行為は許容範囲だったのだろう。具体的なことはなにもわからないが。

「うん。回数に関して文句は言ってたし、たぶん『焦《じ》らし』とかにも、なんかブツブツ言ってたような気もするけど、そのくらいか」

「だって可愛いんだよ。涙目になった紗也ってね、簡単に僕のリミッターを外してくれちゃうんだよね。紗也からおねだりされるのも好きだし」

「ああ……そういう感じのこと言わせたくて、わざとやってるわけか」

「うん。紗也が泣きながら『もう入れて』とか『いかせて』とか言うのって……」

物音に気付いて逸樹の意識が逸れるのと同時に、廊下のほうから怒鳴《どな》り声がした。

「バカなこと言ってんじゃねぇっ！」

駆け込んできた紗也の顔は赤いが、湯上がりのせいか羞恥《しゅうち》のせいかは不明だ。入浴時間が短かったことを鑑みれば後者の可能性が高いが。

「早かったね、紗也」

逸樹は悪びれたふうもなく微笑み、飛び込んでおいでとばかりに両手を広げた。やはり彼の神経は洸太郎のそれとは作りが違うようだ。

「いやな予感がして出てきたんだよ！　あんた弟相手になに話してんだよっ！」

「赤の他人とはしないよ。洸太郎が興味ありそうだったら話してあげてたんだ」

「違うよ、違うからっ！」

紗也に変な誤解をされてはたまらない。ペナルティはそのまま食事に表れるし、なにより床事情を知りたがると思われたり、出歯亀《でばがめ》扱いされたら悲しい。

それこそ涙目になりそうな勢いで必死に訴えると、紗也はじっと目を見つめたあと大きく頷いて逸樹に視線を戻した。

「弟をからかうなよ。かわいそうだろ」

「だって可愛いんだよ。紗也とは違う意味でね」

「あんたの愛情表現って……」

「おいで、紗也」

ぽんぽんと膝《ひざ》を示し、実にいい笑顔を見せている逸樹だが、紗也は無視して彼の並び——少し離れた場所に座った。そうされても逸樹は特に気落ちしたふうもないので、最初から無視されると承知の上でのことだったらしい。一方、落ち着きを取り戻した紗也は、ふうと溜《た》め息《いき》をついてから洸太郎を見やった。

「あとな、これだは言っておく。俺はあんなふうには言わねぇからな」

「あんなって、なんだっけ」

「セックス中の紗也のおねだりセリフでしょ」

割って入った逸樹に紗也は嚙《か》みついた。

「おねだりとか言うなっ」

「うん、違った。あれは懇願《こんがん》だよね」

「黙れ」

「さっきのって嘘？　逸樹、そんなくだらない嘘つくのかよ」

思わず逸樹と紗也の顔を見比べるが、逸樹はにこにこしているし、紗也はバツが悪そうに目をそらした。どうも反応がおかしい。

無言の訴えをしていると、やがて諦めたように、だがかなり不本意そうに紗也は言った。

「……微妙に違うんだよ」

「微妙ってなに」

「ああ、そうだったね。『入れろよ』とか『いかせろバカ』とかだったね」

意味がわからずにいると、逸樹がさらりと訂正を入れた。口調はあくまで優しげでさわやかなのがアンバランスだった。

「そ……それって色っぽいのか……？」

首をひねっていると、逸樹が小さな声で「甘いなぁ」と呟いた。その顔はひどく楽しそうで、かつ幸せそうだ。紗也は即座に反応してなにか言おうとしていたが、逸樹の手によって口を塞《ふさ》がれ、ついでとばかりに身体を抱えて込まれてしまっている。

「アンアン喘ぎながら絶え絶えに『入れろってば』とか言ったり、乱れまくって泣きじゃくってるのに『もういかせろよぉ』とか言うのって、たまらないでしょ」

「あー……確かに微妙に違うな、いろんな意味で。っていうか、真似すんのやめろよ気持ち悪いから。紗也だったら可愛いんだろうけどさ」

「うん、すごく可愛い」

「よかったな。きれいで可愛い恋人で」

「その上、色っぽくて感じやすくて、声も表情もいいんだよ。料理も上手だし、僕が甘えたいときは甘やかしてくれるしね。だから、いろいろ心配で」

急に声のトーンが下がり、表情も愁《うれ》いを帯びたものになった。抱きかかえられた紗也も気付いたのか、もがくのをやめてちらりと逸樹の顔を見ている。かなり芝居がかった調子だが、冗談まじりに本音を混ぜてくることがたまにあるので、つい身がまえてしまう。

「最近、男の客が増えたでしょ」

「増えたっつーか、あれはケーキとスコーン係じゃん。別に変な意味じゃないって。彼女いるやつだっているし」

「ずいぶん紗也に好意的みたいだけど」

「慕《した》ってるだけ。それくらい目つぶってやれよ」

呆《あき》れ半分の洸太郎に、紗也は大きく頷いていた。逸樹は友人たちを直接見たことがないから仕方ないが、勝手に気があるような認識を持たれるのは迷惑というものだろう。

「まぁ、鬱陶《うっとう》しいくらいでそっちは別にいいんだけど……やっぱり問題は御門かな。あいつ、紗也のエロい写真を撮りたい……なんて言ってたらしい。ノーマルな男に見せて『これなら男でもありかも』って思わせるような、って」

「それはシメていいと思います」

思わず即答してしまったが、紛れもなく本心なので訂正はしなかった。先日の顛末《てんまつ》も、反省したらしいという話も聞いたが、洸太郎は信用していないのだ。反省した振りをして、チャンスを窺《うかが》っているように思えて仕方ない。

てっきり紗也も不快感をあらわにしているかと思いきや、彼は怪訝そうな表情を浮かべていた。手を外させてから、彼は言った。

「あのさ……さっきから『みたい』とか『らしい』とか言ってるよな。あんたが直接見聞きしたわけじゃねぇのか」

「そうだね」

「じゃ誰から聞いたんだよ」

探るように尋ねたのは当然だ。誰がそんな情報を寄せたのかと、洸太郎も気になった。友人たちのほうは逸樹が好意の意味を歪めて考えただけと言えるが、御門のほうはあまりにも具体的だ。

「御門が話した相手は、うちのお客さんらしいよ。たまたま隣の席に座ってた、最近常連になった人らしい」

「なんでそこにも『らしい』がついてんだよ。どれだけあいだに入ってんだ」

「あいだというか、複数の人が知ってる状態らしいよ。例の妹のほうが笑いながら教えてくれた。店で客が話してるのを、黙って聞いてたらしいけど」

「御門のヤローは出禁にすればいいんだ」

「ちょ……ちょっと待て。その話は信憑性《しんぴょうせい》薄いんじゃねぇ？　もし本当に御門さんがそう思ってんなら、直接俺か逸樹さんに言うって絶対。あの人、本気度高いほど、第三者には言わねぇだろ」

冷静な指摘に洸太郎ははっとした。確かに嬉々《きき》として言い、それぞれの反応を楽しみそうではある。とりあえず恋愛やセックスの意味で口説いたり誘ったりしなければいいと思っている節があるからだ。洸太郎の目にはそう見えた。

「それ、単に尾ひれとかついただけじゃないか。あとは解釈とか言葉の使い方の違いとかさ」

「さすが紗也」

甘い声で囁《ささや》きながら、逸樹は紗也の湿った髪を撫《な》でた。

「ってことは、わかってて言いやがったな？」

「一応、確かめたからね」

「なんだよ、まったく……」

踊らされた身としては、悔しいやら情けないやらで、悪態の一つでもつきたい気分だった。言えばますます逸樹がおもしろがりそうなので黙っていたが。

「で、なんだって？」

「御門が言ったのは『セクシーな表情を撮ってみたい』と『そこらの男が見ても、きれいと思われるような写真』だそうだ」

「元のニュアンスから変化しすぎだろ。どれだけあやしげにしたいんだよ。っていうか、やっぱ御門さん、たいして本気じゃねぇよな」

「まぁ、構想の一つとしてある……って程度じゃないかな。撮りたい気持ちはあるけど、第三者に言った以上は実現させる気はほとんどないんだろうね。いまは例の写真集で、それどころじゃないはずだし」

あれこれ構想や欲求が生まれるのは仕方ないことで、そのなかに本人なりの優先順位だとか重要度があるらしい。そしてタイミングも。御門の場合は積極的にチャンスを作ろうと立ちまわり、チャンスをものにしたわけだが。

近い将来、御門は念願の写真集を出すことだろう。被写体の名前が前面に来るものではなく、撮影者の名が大きく出るものだ。版元はオリーブ書房で、あの日に得た斉藤《さいとう》との繋がりが実を結んだわけだった。

「ただし……」

「え？」

「変な噂《うわさ》になるのを見越して言った可能性も高いね。あいつはこういうことを、おもしろがるからね。いまのところ害はないから放置してるけど、わざと火に油を注ぐような真似《まね》をするなら、釘《くぎ》を刺しておかないと」

「火に油って……」

「僕たちで三角、四角の恋愛模様を妄想しているお客さんたちがいるでしょ。パティシエ見習いくんたちも、そこに投入されちゃったみたいだよ」

「あ……なるほど。そういうことか」

彼女の言葉がようやく腑《ふ》に落ちた。美人姉妹の片割れはカウンター越しに、「これ以上、男性の常連さんが増えないほうがいいかもしれない」と言ったのだ。あのときは単に男性客を歓迎していないのだと思っていたが、違ったようだ。

「ま、本音を言えば、紗也の相手は僕で一本化して欲しいとこだけどね」

「いやいや、そこじゃねぇだろ問題は。対策取らないのかよ」

「彼女いますアピールくらいしかないでしょ。それだって効果あるかどうか、あやしいものだし。僕は紗也とならどんな噂が立ってもいいんだよ。むしろ紗也が僕のものだって堂々と言えるなら、カミングアウトしてもいいくらい」

「客に引かれるぞ」

「喜ぶ人もいるみたいだけどね。まぁ、問題ないでしょ。こっちが認めない限りはただの噂だし、そのせいで仕事に支障来たすこともないし」

「だったら、いいけど……」

紗也が危惧《きぐ》しているのは逸樹の仕事らしいが、洸太郎が考えてもほぼ影響はないように思える。仮にあったとしても、いまとは違う形で作品を世に出し続け、一定の評価を受けるに違いない。

「ねぇ、紗也。もしそうなっても一緒にいてくれる?」

「当たり前だろ」

迷いのない答えに、逸樹だけでなく洸太郎の顔にも自然と笑みが浮かんだ。

目の前で当然のようにキスをするのは、出来ればやめて欲しかったけれども。

あとがき

今回の話は、いつにもましてまったりとしております。

当初のプロットは、現在とはキャラクターの関係性が違うものでした。脇役だった逸樹《いつき》が攻になったわけです。ゆるい攻キャラは、なかなか難敵でしたが、新鮮でもありました。ゆるくなりきれなかったけど、子供向けのメルヘンな仕事をしているのに本人はモラルなしで節操なしというのは果たせた……と思います。

作中の逸樹が描くようなタイプの版画を、私もいくつか持っておりまして、そのうち一枚は某百貨店で行われた販売会のようなもので買い、作家さんにもお会いしました。そのとき、とあるお笑い芸人さんのお父様がいらしていて（作家さんの知り合いらしい）、なぜかいきなり紹介された思い出があります。

ところで気づかれた方はいないと思いますが、今回の主要登場人物の姓は、珈琲屋さんシリーズです。なんとなく目についたところなので、セレクトに深い意味はないです。ただしそれらのお店に入ったことはあまりない（笑）。

カバーの折り返しに載せた毛がにのパスタは、私のなかで「ベストオブ甲殻類パスタ」です。八年前に北海道へ行ったときに食べたんですけど、それ以来その町には行っていな

あとがき

いので、いまだ二度目は果たしていないという……。札幌ならば、一年か一年半に一度行くんですけども、なかなか足を伸ばすに至らないのです。

すごく美味しかった記憶しかない。もしかしたら、八年のあいだに私のなかで誇張されてしまったのかもしれません。思い出は美しく……という感じで。ものすごくハードルが上がっている可能性もあるな。や、それを確認するためにも、もう一度食べに行きたいものです。

とまぁ、ここまでは前置きにもならない雑記で、ここから本番です。

角《つの》田緑《だりょく》先生、雑誌掲載時と今回、いずれもすばらしいイラストをありがとうございました。きれいで格好良くて色っぽい二人に、ニヤニヤが止まりません。表紙も迫られ感も素敵！　とても嬉しかったです。

最後になりましたが、いつも読んでくださっている方も、ときどきの方も、たまたま初めて手にしたという方も、ありがとうございました。

また次回、なにかでお会いできますように。

きたざわ尋子《じんこ》

初出
恋もよう、愛もよう。 ―― 2012年リンクス12月号を加筆修正
愛と欲のパズル ―― 書き下ろし
おまけ ―― 書き下ろし

この本を読んでのご意見・ご感想をお寄せ下さい。

〒151-0051
東京都渋谷区千駄ヶ谷4-9-7
(株)幻冬舎コミックス　リンクス編集部
「きたざわ尋《じん》子《こ》先生」係／「角《つの》田《だ》 緑《りょく》先生」係

リンクス ロマンス

恋もよう、愛もよう。

2013年3月31日　第1刷発行

著者……………きたざわ尋《じん》子《こ》
発行人…………伊藤嘉彦
発行元…………株式会社　幻冬舎コミックス
〒151-0051　東京都渋谷区千駄ヶ谷4-9-7
TEL 03-5411-6434（編集）
発売元…………株式会社　幻冬舎
〒151-0051　東京都渋谷区千駄ヶ谷4-9-7
TEL 03-5411-6222（営業）
振替00120-8-767643
印刷・製本所…共同印刷株式会社
検印廃止

ISBN978-4-344-82784-4 C0293
Printed in Japan

幻冬舎コミックスホームページ　http://www.gentosha-comics.net